人間此處是桃源

林子青詩文集

聖嚴法師序

創造歷史的林子青居士

法鼓文化將在今年（二〇〇八年）陸續出版林子青老居士的文集，一共四冊，這是一套超過五十萬字的大書；是林子青居士除了弘一大師研究的著作之外，比較完整的一套文集。

這套書是由林子青老居士的女兒林志明女士蒐集及整理，我向林女士提議：「最好能夠把老居士的著作，出版成為一套文集，可以讓後人做為研究的參考；否則只留下一些初稿，是永遠沒有人可以看得到的。」於是她就著手把林老居士的文章、文稿整理出來。

整理完成之後，我問她要在哪裡出版？她說：「大陸河北省的柏林禪寺重建者淨慧老法師願意出版，但沒有把握是不是一定會出版。」我說：「如果淨慧老法師不方便出版，那就在台灣出版。法鼓文化不是以營利為目的，但是，這是一本大書，法鼓文化如果不能承擔，就由我來募款，一定要把這套書出版。」

現在，這套書終於出版了，我非常的高興；相信最高興的應該就是林志明女士，因為這是她父親的遺著。

我和林子青老居士的關係是從上海靜安佛學院開始的，其實林老居士在上海靜安寺住不久，教書不到兩個學期，他主要教《古文觀止》。林老師的古文課，我不是聽得很懂，但是他解釋得很清楚。另外，他又替我們上英文課，上的是小學的英文，因為我會背，所以每次考英文都是一百分，因此他對我的印象很深。

他不僅懂英文、中文，而且日文也很好，我到過他的房間，書桌上堆了很多日文的佛教書籍。他教我的時間雖然不多，但是我很佩服他，他的儀表非常的莊嚴，少年時曾經出家，法名慧雲，曾到台灣的靈泉寺傳戒當任戒師。

這一套書內容相當豐富，一共分為四冊：

（一）第一冊為詩文集，分成兩大篇，第一篇是詩集，包含《煙水庵詩稿》以及其他的詩文合集；第二篇是散文集。

（二）第二冊是書信集，我們知道弘一大師的書信相當豐富，而林子青的書信則有十七萬字之多，這是從二十世紀六十年代以後，寫給佛教界長老以及各界朋友、家人的書信。

（三）第三冊為傳記集，分成兩大篇，第一篇人物篇，有《釋迦如來一代記》及高僧、居士、學者的傳記；第二篇為碑銘篇。林老居士素有文采，對古文的修養、對佛教的典故非常的熟悉，撰寫寺院塔銘是他所擅長。文革之後，許多寺院重修時，都會邀請他題寫碑記及塔銘。傳記集還附有林老居士的簡譜和小傳。

（四）第四冊是佛學論著集，所收錄的《因明入正理論》是學術著作，《量之定義》是因明類邏輯的書，此外還有一些短篇的文稿。

在這四冊中，每本前還有我和大陸中國佛教協會副會長覺醒法師以及林志明女士的序。由這套書中，可以看到林老居士的一生，也可以看到近代中國佛教的縮影。

法鼓文化為了報我的師恩，出版這套書。希望這套書出版之後，道場、學者們都能來請購這套書，或是林老居士的學生、朋友們也能夠買這套書送人，除了是對法鼓文化的鼓勵，也可以讓林老居士的行誼成為現代人學習的典範。

覺醒法師序

為中國佛學研究寶庫增添光輝

林子青居士是中國當代知名的佛教學者和佛學研究專家。他一生寫下了許多研究佛教方面的著作和文章，內容包括佛教理論研究、佛學知識介紹、人物傳記等等，可謂包羅萬象，豐富多彩。林子青居士，對近現代中國佛教文化的發展作出了鉅大的貢獻，是中國佛教界的楷模。現在將其著作和文章匯集出版，不僅為中國佛學研究寶庫增添了光輝的一頁，也為當代學佛修行者提供了珍貴的學習資料。

林子青居士與上海佛教界可謂因緣殊勝。早在青年時期，他就在上海弘揚佛法，為一些佛教刊物撰寫文章。一九四九至一九五五年期間，他受趙樸初居士（時在上海弘法）和上海佛教會之託，在靜安古寺整理撰寫上海佛教史料，短短數年內，為上海佛學研究提供了一批可信的資料。現存上海市佛教協會的一些寺廟史料和佛教人物傳記，大都出於他的手筆。遷居北京後，林子青居士仍經常到上海弘揚佛法。他和玉佛寺的真禪大和尚交往甚密，一九八〇年以後，常來上海玉佛寺小住。

當時我為真禪大和尚侍者，每次他與真大和尚談論佛法時，我都陪侍在側。他常常勉勵我要努力學習佛學理論，爭取做一個弘揚佛法的接班人。我記得，林子青居士每次到上海弘法，都要為上海佛學院學僧講課，有時還到上海佛教居士林為居士們講授佛學。還曾應邀到上海社會科學院宗教研究所和上海市宗教學會講演，受到聽眾們的歡迎。正是由於有像林子青居士這樣潛心於佛學研究和弘法事業的大德的示範，我們上海佛教界才一直具有重視弘揚佛教文化的優良傳統。

談起林子青居士與真禪大和尚的深厚友誼，真是十分感人。不僅林子青居士每次到上海弘法，都要在玉佛禪寺小住，而且真禪大和尚每次去北京，都要到林老家拜訪。有時兩人白天同在中國佛教協會參加會議，晚上真大和尚還一定要前往林老家暢談一番。

林老與真大和尚的深情厚誼，也影響到了林子青居士的子女。林老的女兒江濤（林志明）也成為真禪大和尚的佛門好友，她雖身居常州，但幾乎每年都要到玉佛寺來拜佛，並拜見真禪大和尚。記得有一年，常州天寧寺的松純大和尚邀請真禪大和尚前往講經，江濤居士（時任常州市佛教文化研究會副會長）也在座聽講。她不僅認真聽，而且還做了詳細記錄，後來並整理成文，刊登在他們當時出版的《毗陵佛教》刊物上，分發給常州佛教界人士傳閱。

正是因為林子青居士一家與真禪大和尚有著如此的情緣，所以在真禪大和尚與林子青居士先後故世後，江濤居士仍與我過從甚密。去年五月，上海靜安寺慶祝「正法久住」梵幢落成典禮時，我和她再度相逢，當時她提起要我為即將編輯出版的《林子青集》作序的事，我雖自知才疏學淺，恐有負重託，但還是允諾了。

林子青居士曾為《中國大百科全書》（宗教卷）撰寫了許多有關佛教的條目，為讀者所稱頌。他所撰寫的有關佛教儀軌及介紹中國古代佛教史及歷代高僧等文章，均被收入《中國佛教》第一、二、三、四輯，已成為一些佛學院所採用的重要學習資料。他的佛學著述和文章，涉及範圍甚廣：有闡釋佛學理論的專著，也有弘揚佛教知識的講演；有為佛教高僧編寫的《年譜》（他是研究和弘揚弘一大師精神和撰寫《弘一大師年譜》的第一人），也有為佛教名人撰寫的小傳；有為各地名山大寺所寫的碑記，也有為高僧大德出版的佛學著作所寫的序和跋；有為許多寺廟（尤其是閩南地區）殿堂所撰的楹聯；另外，還有大量他早年行腳各地佛寺和名勝古蹟時歌頌佛教及懷念師友的詩詞歌賦（當年曾被稱為詩僧）……。現在，把它們蒐集到一起，真可謂琳琅滿目，美不勝收。

特別值得一提的是，林子青居士的所有著作和文章，有一個明顯的特點，就是字字句句認真負責，一絲不苟。據我所知，他在編寫《弘一大師年譜》和後來的《弘一大師新譜》，以及研究房山石經資料過程中，數十年如一日，孜孜矻矻，一字一條，都認真審核，查對原始資料，以免差錯。他所寫的佛學論文，也都實事求是，從不道聽途說，做到言必有據，而且說理性強。他的文筆非常通暢生動，深入淺出，頗受讀者歡迎。

林子青居士著述的結集出版，不僅為今後大力弘揚佛法提供了許多寶貴資料，而且也為我們後學之輩樹立了一個良好的榜樣。在林子青居士文集即將付印之際，遵江濤居士之囑，撰寫序文。之前我翻閱了部分文稿，感到獲益匪淺，然自愧愚鈍，不善作文，勉為其難，寫成此序，尚祈佛門同道加以斧正。

二〇〇八年一月於滬上

◎覺醒法師，現任中國佛教協會副會長、上海佛教協會會長、上海玉佛禪寺住持

讀其書而知其人

林志明代序

《林子青文集》行將付梓，十分感恩，無限欣慰！感恩的是，若不是聖嚴法師的倡議，這個集子將難以問世；欣慰的是，父親留存的遺稿終於能讓後人得以分享，使佛教文化的寶庫中多少增添了一些可資參考和學習的內容。

父親於二〇〇二年九月往生，聖嚴法師於是年十一月八日便來信提到：「我很想寫一篇追悼文，苦於手頭的資料不多，也許可請你們姊弟中的一人，或者找到一位有文字能力的人士，為林子老編一冊年譜，縱然是簡譜，也很有保存中國佛教近代史料文獻的意義和價值。……」儘管在父親九十壽辰時，法鼓文化已編輯出版了《林子青居士文集》三冊，近五十萬字，但卻未涵蓋其早年所撰已出版及未出版的著作。親歷父親為編著《弘一大師年譜》、《弘一法師書信》、《弘一大師新譜》等，前後數十年匯集、整理、編輯之艱辛，加之，自己才疏學淺，對於法師的建議自覺難以勝任。但由於法師的提醒，二〇〇三年我開始整理父親的遺稿，並將它們一一複印並編出目錄。

為展示父親的思想感情、學術觀點和待人接物，我於二〇〇四年開始清理其親朋好友的來信，選出三十幾位僧俗好友的書信，但其中仍住世者竟不到三分之一。我輾轉打聽到各人的住址後，向海內外有關人士發出了近三十封信，希望從他們本人或其後人處匯集父親的手札。然而，得到的回信僅僅不到十封。幾經周折，先後歷時一年多，終於匯集到了二百餘通，但多是文革以後的。

二〇〇五年以後，得到法鼓文化的鼓勵，我在整理謄寫父親其他文稿的同時，也開始用繁體謄寫其手札，至二〇〇六年中，完成計約二十餘萬字的抄寫。為文集的《書信集》做好了準備。這裡，要特別感謝上海的彭長青老師，他所保存的父親手札最完整，每當遇到信中論及某些人物及專題時，他都會應我所求而作註解；圓拙老法師的弟子黃克良居士，保留著父親的全部書信，父親通過他與其最可親的學生和摯友拙老交流；天津弘一法師俗家孫女李莉娟女士，不但提供了父親給她本人及其父的手札，並蒐集到父親給天津有關人士的書信；台灣陳慧劍居士（已往生）的女兒陳無憂女士在百忙中整理出三十多通，並一一複印寄來；其他，如新加坡妙燈長老、陳珍珍女士、豐一吟女士、沈繼生居士（已故）的女兒、夏宗禹先生（已故）的女兒等，都為此作出了貢獻。

《詩文集》應是《文集》中最精彩的，因為它是以父親一九三六年所出版的《煙水庵詩稿》及此後幾年曾在早期《佛教公論》上所刊出的「華嚴詩社詩選」的詩作為基礎的，而那正是他風華正茂、才華橫溢時的作品；那一腔愛國熱血，令人激昂不已，也可看到他早年生活和行腳的點點滴滴。此後，他也做過不少散見於各處的詩篇、悼詞、楹聯等，卻往往是應一時之需而為，但其中那篇〈悼亡室周太夫人〉，確實是其真情之流露，讀來感人肺腑，催人淚下！

《傳記集》中的《釋迦如來一代記》，是作者早年根據武者小路原著編譯的，讀來文字有點怪怪的，大概是時代差異太大的緣故吧?!《福建禪德》，是一本手稿，未見發表過，作為福建人，他對故鄉的高僧大德情有獨鍾，才會如此認真地蒐集編寫他們的小傳，是頗有歷史價值的。至於那些名剎的碑記、塔銘及寺廟簡介和教界僧俗人物之介紹，多半是應各方要求而作，有好多則是應《佛教百科全書》編輯之需而寫成的，所以，有的限於字數的要求，不夠詳細全面。但作者對所有的介紹都是負責的，有時，為考核其中某個年代，往往查詢多次，從他的《書信集》中可見一斑。

在《佛學論著集》中，《因明入正理論淺疏》是在父親的舊筆記本中找到的，那是一九三七年他到武漢參加抗日僧侶救護團被解散後輾轉到香港大嶼山時所作。當時他在大嶼山佛學院教書，有人向他請教有關因明的問題，他查閱了許多相關書籍，寫出了《淺疏》，讀其中的〈序〉便可知。當時才二十七歲的他，卻能如此認真研究學問，又書寫得如此工整，實在讓我欽佩！至於其他學術性的文章，多散見於各佛教刊物，也有的是在《佛教百科全書》上收錄的。

應法鼓文化的要求，我撰寫了父親的〈簡譜〉和〈小傳〉。我十八歲就離開了家，要完成這項任務實在困難。幸好我保存了父親六十多本日記、讀書筆記等。去年我去台灣探親，訪問了台南開元寺，在其「開祖堂」竟然找到了父親一九三六年應邀參加傳戒時，作為三師之一而受到歡迎的盛裝照片，我如獲至寶地翻拍了下來，同時也為編寫其〈簡譜〉和〈小傳〉提供了可靠線索。此後，我閱讀了他的日記，從中精選出二十八本，作為重點來摘取，同時，也找到了他本人在一九八〇年填寫的履歷表，經過認真核對和查證，終於勉強交了卷。我的態度是，實事求是，把一個真正的「慧雲法師——林子青居士」的一生呈現在讀者面前。

父親真的是謙謙一君子，他平易近人，寬容大度，對於自己、家人和朋友的各種境遇，不管幸運與否，總是隨喜，而從不怨天尤人，總是認真地去面對，善意地給予關懷和鼓勵。他崇敬弘一大師，處處學習大師的行誼。他的人生閱歷、學術生涯、佛教文化之旅，亦同近百年間的社會文化以及佛教文化和時勢的變遷密不可分。希望我們能讀其書而知其人：他勤奮好學，博學多才，記憶力超強；他肯於默默無聞地工作，是趙樸老的得力助手；他人緣好，交友廣，與老一輩和新一代的許多高僧大德都是好友。他為佛教文化和教育事業貢獻了一生，卻始終寧靜而淡泊志遠，平心靜氣而寵辱不驚。得知《文集》出版，相信父親在天有靈，定會含笑九泉了。

我誠摯地感謝法鼓文化的菩薩們精心策畫和組織《文集》的編輯出版，他們的耐心和虛心尤其使我感動和感謝！在數年的整理和謄寫過程中，外子喬尚明常為我查閱有關的詞書，以確認疑難字和詞；大女兒喬清波為我義務複印了全部近千頁的手抄稿留底，以防萬一丟失；小女兒喬清汶則為我去台南匯集父親的寶貴資料而創造了有利條件。對於這一切親人的支持和相助，我藉此一併向他們致謝！

二〇〇八年七月八日於澳洲悉尼

◎本文作者為林子青先生的女兒

目錄

〔聖嚴法師序〕創造歷史的林子青居士 003
〔覺醒法師序〕為中國佛學研究寶庫增添光輝 006
〔林志明代序〕讀其書而知其人 010

詩集篇

煙水庵詩稿

吳宓的評語 029
題詞 030
他序／隆耀 032
他序／鄭蘇葉 034
自序 035

答蔡敦輝 045
題廬山妙培上人梵土行腳造像 045
歸閩院作 045
中岩訪法空師偕瑞金上人 046
寶山岩尋笑溪學長 046
萬石岩聞會泉老法師說法 046
悼覺三法師 047
登芝山仰止亭 047
遊岱仙岩悼法相上人 047
瑞竹岩題壁 048
萬松關 048
南山寺消暑 049

庵兜訪老禪 049
歸小雪峰 049
泉州開元寺懷古 050
登鼓山作 050
將之台灣留別薛澄清 051
雨後登月眉山 051
宿北投溫泉旅館 052
登暖暖金山院訪普玉吟友 052
與賢頓師登觀音山 052
烏來山雜詩 052
答友人柬邀觀菊 053
旅中口占 054
倚裝柬別蔡敦輝 054
客中寄友人 054
善慧和尚約遊草山未果 054
寄鷺江諸友 055
訪李石鯨有贈 055
謁鄭延平郡王祠十二首 055
劍潭庵懷古 061
贈小維摩居士 061
贈蔡劍閣居士 061
飯後鐘 061
重過北園弔秋梧亡友 062
訪台中德林和尚 062
贈岡山超峰寺永定和尚 062
石壁湖道中 063
登石壁湖圓通寺 063
贈圓通寺妙清比丘尼 063
日月潭道中水裡坑即景 063
宿日月潭涵碧樓旅館 064

贈台中達明優婆夷 064
宿二水碧雲寺贈頌德上人 065
日月潭雜詠 065
與鄭卓雲居士同遊水社喜贈 066
遊關子嶺溫泉 067
重遊稻江贈舊友蔡君劍閣 067
遊大岡山龍湖庵六絕 067
遊后里毗盧寺答真常法師見贈原韻 068
重遊龍湖庵 068
本事 069
贈弘一法師 069
讀曼殊和尚全集 069
西湖謁曼殊詩僧墓 070
遊靈隱寺謁慧明長老 070
天童寺謁八指頭陀塔院 071
題八指頭陀詩集 071
北平柏林寺即景 071
讀呂碧城集 072
竹林寺 072
秋日遊招隱寺 072
送達然道友赴焦山 073
遊佛印山房贈仁山法師 073
金山寺贈某雲水僧 073
遊焦山 073
重遊焦山 074
遊西湖 074
三潭印月 074
行五雲山最高處 075
登韜光庵 075
宿六和塔 075

075 與妙乘學長之靈峰觀梅
076 壽諸暨張書紳居士
076 有懷
076 春日偶成
076 送鄭蘇蕖居士之牯嶺
077 月夜懷余天民大同
077 南普陀消夏
077 登兜率陀院
077 聞蕙庭法師示寂揚州
078 虎跑寺
078 理安寺
078 重遊育王寺
079 避暑普陀與妙法同學至後寺應供
079 遊無錫鼋頭渚
079 寄懷謝秋濤潼關
080 西湖送妙法同學歸昆明
080 寄懷洞庭包山聞達同學
080 海陵光孝寺除夕
080 遊小香岩圖書館
081 破山寺訪葦乘法師
081 破山寺偶詠
081 與道航學長夜話
082 廉飲堂坐夏
082 破山寺喜逢竹吾學兄
082 與葦乘法師同遊三峰寺
082 重遊三峰寺疊前韻
083 寶岩舟中
083 劍門懷古
083 菜園村觀菊同逸溪竹吾二上人
083 武林雲棲道中

084 海陵道中
084 題楊豫立雲山拄杖圖
085 又題藕花香雨圖
085 春雨
085 虎丘山懷古
086 海陵秋夜偶成
086 謁中山陵
086 遊莫愁湖
087 登廬山作
087 牯嶺消夏
088 訪梁文勇山居
088 遊黃龍寺觀天竺娑羅寶樹
089 贈山中禪侶
089 登五老峰
089 自五老峰往觀三疊泉
090 與克全妙培二上人同遊天池寺
090 思遊東林寺未果
090 與梁文勇譚德周諸友同遊黃家坡瀑布
090 約陳敬伯居士未至
091 台灣獄中雜詩五十二首

◆附錄一

先生閣七勿搭八集／陳陵犀

◆附錄二

慧雲上人自廈門寄示煙水庵詩稿讀之生感賦寄／常熟宗子威
題慧雲上人煙水庵詩稿／牧天
憶北京林子青兄／潘慧安

煙水庵詩稿續集

119 將結華嚴詩社漫成一律
119 李意白院長約遊南普陀因雨未果貽詩

次韻卻寄
再疊意白居士賜和原韻 119
上海舟中贈通一和尚 120
國清寺 120
佛隴修禪寺懷古 121
登華頂峰拜經台憶智者大師 121
宿華頂藥師庵 121
自華頂至石梁 122
丙子秋過白湖訪芝峰亦幻諸舊侶作 122
與芝峰亦幻蘊光竹摩諸友泛白湖作二律 122
將歸閩海與風葉兄夜話 123
歲暮海上別友人 124
送別枯木長老 124
次黃秋聲居士遊虎溪岩題影原韻 124
和黃仲琴居士五十生朝自壽詩原韻 125
丹初居士將之菲島以詩留別次韻奉答 125
贈別陳丹初居士　有序 125
軍戈筆山少文諸詞人餞別丹初居士於
南普陀小集海印樓喜吟山中坐雨 127
天台山道中 128
重過鷓鴣岩贈舊識老松 128
香港旅次偶作 129
題楊鐵夫居士桐陰勘書圖 129
避亂居大嶼山寶蓮寺作 129
大嶼山客夜次前韻 130
南渡久難成行偶感寄滬上友人 130
戊寅人日遊太平山遇霧同靄亭法師 130
武漢書感 131
贈台兒莊歸來戰士 131
沙田晦思園與葦庵竹摩墨禪諸友夜話 131

宿沙田晦思園 132
潘文治居士以詩見懷依韻答之 132
送陳叔良君之廣州集訓 132
寶山寺賀覺斌法師進院 133
送舊友薛澄清之錫江 133
懷萬泉君西安集唐人句 134
南太武山紀遊十二首　並序 134
遊寶華山作於京滬車中二首 136
除夕書懷和義俊法師原韻 137

◆後記

關於《煙水庵詩稿續集》／林志明

詩稿拾遺

首都建築竹枝詞六首 145
寄河原崎長十郎先生 146
陳昊蘇自廣州託友人航空之便攜贈含笑花一束 147
謝西川景文長老贈手杖 147
代內答牧人同志贈畫梅 147
奉和鄔式唐先生〈八十自壽〉原韻 148
讀老友張慕槎〈雁蕩吟〉奉題三十二韻有序 149
周恩來總理輓詩四首 154
香山碧雲寺下訪鍾老山居 156
贈幽花室主 156
重到上海書懷 157
唐山地震書懷二十四韻 157
西湖留別張慕槎夫婦　有序 159
滬上重晤靜安老友喜贈 159
毛主席輓詩七律二首 160

贈陳百平醫師　有序　161
王老揆生賦西江月見贈詩以答之　163
秋深　164
丙辰秋訪老友黃懺華於西湖畔賦詩見寄次韻奉答　165
奉懷張紫峰老友並謝慰問內子病況　166
老友慕槎用毛主席和柳亞子先生韻見贈一律次韻卻寄　166
王伯敏教授畫梅見贈謹寫二絕奉謝　167
寧波李友聰醫師惠寄良藥詩以謝之　168
讀張慕槎老友舊作〈滬上遊草〉奉題三絕　168
冬夜無俚心情落寞無以遣懷喜觀如兄寄示近作〈讀懷安詩選〉因次其韻卻寄　169
悼亡室三十絕　有序　169
贈萬石岩尼眾佛學院諸同學　179
奉題林乾良宗兄〈春暉寸草卷〉七律　180
重遊西湖同慕槎志清夫婦　有序　180
武林紫峰老友寄贈　181
悲懷妻亡週年　181
正道法師學長　靈右　182
悼白聖長老　182
悼念巨贊法師　182
輓趙樸老　183
宏船法師重修萬石蓮寺落成誌慶　183
奉和黃典誠學長鷺門見贈二律原韻　184
贈傳芬　185
廬山東林寺大殿聯句　185
泉州承天寺轉塵和尚塔聯　186

泉州開元寺轉道和尚塔聯 187
轉道和尚塔聯二對 187
山西石壁山玄中寺匾聯 188
檳城妙香林佛殿聯句 189
廈門金雞亭普光寺大殿聯句 190
廣洽、廣淨舍利塔聯 190
演培大和尚進山陞座誌慶 191
福建龍岩市天宮山圓通寺落成誌慶 191
馬尼拉隱秀寺（自立法師）三聖殿楹聯 192
賀圓拙老法師望九壽聯 192
五台山普壽寺石山門聯句 193

散文篇

佛教公論社宣言 197
《佛教公論》發刊辭 200
我與《佛教公論》 207
《白毫庵膚偈》贅言 211
《白毫庵禪偈》補遺三首 213
煙水庵隨筆 214
闢《海潮音》法舫之妄論 218
談司馬遷與其《史記》 224
《正道法師紀念刊》編輯後記 229
讀《石林集》書後 233
揚州大明寺歡迎鑑真和尚像回國巡禮法會疏文 235
歡迎鑑真和尚像回國法源寺法會疏文 237

善導大師圓寂一千三百年紀念西安香積寺法會疏文 241
《松枝集》序 245
雪峰三老會合記 248
關於日本錦帶橋資料 249
《華嚴室叢稿》初版序 251
《瑞今老法師九十壽辰紀念集》序 262
題上海靜安寺建寺一千七百五十週年紀念並序 265

詩集篇

煙水庵詩稿

統觀全集，真切流利，雄渾超逸。遊歷之跡廣，故寫景特長；愛國之心熱，故攘夷有志。又復淵源寄禪，瓣香曼殊，合情與道，懺綺入禪。確是少年天才之詩，應屬浪漫自然一派。以格律論，純係唐音，彌覺可貴。而佳句疊見，空靈搖曳，多在七律三四句，輒就私好，妄為點出，還祈指政。

吳宓讀畢敬題

吳宓

中華民國廿六年七月初四日

題詞

自題

早歲光頭負苦參，居然蹤跡遍江南。狂吟爛調人都厭，異水名山我獨耽。
若箇鬼才無血嘔，幾枝夢筆有花含。十年行腳歸來後，詩稿自題煙水庵。

題煙水庵詩稿並贈慧雲上人

薌江舊侶

世外奇才未易窺，曼殊而後見雲師。飄然野鶴凌空影，活潑神龍破壁姿。
行腳生涯憑一錫，擔經蹤跡到邊陲。何心重灑傷時淚，來讀沙門憂國詩。

題煙水庵詩稿

嘯霞

絕世才華一比丘，新詩句句紀雲遊。輕靈直欲追齊己，瀟灑何曾讓貫休。
憂國襟期常鬱怒，懷人情調更綢繆。東南勝處都題盡，十載名山志已酬。

集句贈慧雲上人

海陵盧冕甫

平生心跡最相親（白居易），翰墨場中老斲輪（姜　夔）。
詩筆離騷亦時用（蘇　軾），心期造化奪天真（劉　祕）。
英姿連璧從多士（蘇　軾），器度風標合出塵（韋　莊）。
道義有情通出處（范成大），逢時吐氣思經綸（李　白）。

他序

閩南佛學院辦了十幾年，造就的人材當然是很多；然而在華南方面有聲有色和品學兼優的，以我坐井觀天的眼光看來，第一是瑞金法師，第二就是慧雲法師了。慧師不但對於佛學文學的造詣很深，就是對於英文日文都有相當的研究，是一個深思好學的青年。我想這種僧材，如果是產生在日本，那就不稀奇了。但是在沉淪的祖國，枯索的佛教內，能夠生出這朵優缽羅花，供養佛供養眾生，我認為是甚難稀有的。

記得今年正月在屏東東山寺和慧師閒談的時候，他說回去的第一步工作，就是出版他在獄中所作的詩，我歡喜極了。自己雖然不會作詩，讀人的好詩卻是永遠歡喜的。慧師回國後來信說：「隆耀同學：慧由台出獄，歸來如經塵劫，弱國之痛，想有同感！慧去國所存書籍雜物，損失殆半，江山依舊，人事多非。現正整理詩稿，預備付印，甚望速賜一序，以光篇幅。否則，他年君歸來時，恐為亡國之民，而拙稿亦成禁書矣。」我看到這裡觸景生情，使我沒有勇氣再看下去了。

我回想到我倆一年來被捕的遭遇，不禁啞然失笑，眼淚也不住地流下來了。我眼看著這朵可愛底優缽羅花正在開放，忽然被那無情的狂風暴雨摧殘了，叫我怎不痛恨呢？幸而這朵花是為供養佛供養眾生而出現於世的，不是為引誘狂蜂浪蝶而臨風招展的。我又聯想到印度古時提婆害佛的故事，始恍然得到自己的安慰。那時假若沒有提婆出世，怎能成就今日受世界崇拜的釋迦世尊呢？想到這裡，不覺頓時把憂悲苦惱之念都忘了。幸而狂風暴雨只是剎那間的肆虐，那朵優缽羅花的根株仍然沒有動搖。以後只要有情人多多看護，我想一定會重開著那茂盛而美麗的花兒的罷。

慧師的詩集要問世了。是二十三年的冬天罷，因為台南開元寺的得圓和尚之請，為弘法起見，我和慧師一同渡台來了。自日人統治台灣以後，第一步政策，就是禁止漢文的教授，只許唱著些吟風弄月的古詩而已。台灣的漢文既受此壓迫，對於詩的一門自然是特別發達了，各處詩社林立，定期擊缽吟會，儼然似太平盛世。慧師的詩，在中國已有相當的名氣，到了台灣自然更要壓倒一切詩人了。慧師渡台以後，這班詩人都知道中國的詩僧來了，到處大開詩會歡迎，我也時常恭逢其盛。回想起來，真是感慨無量！

現在慧師是平安地回國去了，他生平最得意的傑作不久將和我們相見了。我本不敢替慧師作序，只將我的歡喜和期待寫了出來，當為一個賀意而已。

民國二十五年三月七日隆耀序於台北圓山臨濟寺專修道場金毛窟

他序

藝術之於人也，猶空氣之於萬物。存則萬物以存，亡則萬物以亡。人類藉藝術以進於文明溫良，是以國之盛衰，人之文野，無不以一國之藝術程度判之。吾友慧雲法師，具悲世憫人之心，而寄其志於詩：與之談語不離詩，而其潛移默化之功，尤勝於彼等專事弘道揚法者，是可異矣！蓋凡詩人必具超人之目光，以超人之目光而視察萬物，寧有不生悲世憫人之心？於是其接物也罔不溫良。以溫良之態度，而施其潛移默化之功，則豈等閒者哉？

慧雲法師近以去國弘法，曾遭異國之冤獄，當時生死不可知，而能處之泰然；居危急存亡之際，猶能作詩達百餘首，是非具超人之想者，曷克臻此？其精力亦足以驚人矣！今詩集行將付梓，來書索序於余，余以久病之身，今始獲痊，往日才華，斲喪殆盡，烏能為師作序？無已，略書其觀感如此。

丙子季春鄭蘇蕖謹序於春申江上

自序

近幾十年來舊詩已漸漸沒有什麼人作了。在我國的文學史上佔著重要位置的詩，似乎已無發展的餘地。一般人對於舊詩的押韻和形式，各有不同的見解，使千餘年傳統的詩的觀念，一時起了很大的變化。原來詩的產生，在一切文學作品中是最早起來的。因為它包含著人們內心的意志所表現的歌詠，所以它的領域比較言語還來得廣，語言所不能表現的，可以詩來表現。如朱熹說：「既有言矣，則言之所不能盡，而發於咨嗟詠歎之餘者，必有自然之音響節奏而不能已焉！」

自從漢魏六朝以來，至唐而詩的發展，已到了黃金時代，差不多沒有一個文人不和詩結下深深的因緣的。尤其是唐朝科舉，以詩取士，詩的形式洗練的守美更達到頂點。我國歷代文人聰明才力之所表現，在各家的詩集上都可以看見的。

詩的產生大抵是從兩方面來的：一種是心裡有所感動而自然流露出來的喜悅底感情，那是會心的微笑似的，這種詩往往輕靈溫婉，沒有人間火氣，讀來又使人感到情調的纏綿，一種是由於壓迫的反應而生出沉鬱頓挫的歌詠，這種詩往往是熱情奔放，激昂慷慨，像潮打沉鐘、鯨飛海上那樣的情景，讀來容易使人興奮。

歐洲自十八世紀以來，革命的思潮震撼世界，不但一切政治宗教起了絕大的革命，即一切文學藝術也沒有不受其影響的。一切革命行動的受詩的啟發，在歷史上多能證明，如吾國近代民族革命，若無南社諸子的努力鼓吹，恐怕不易那樣收得功效罷？但南社的鼓吹，都是以熱情濃厚的詩文作工具的，從革命的意義上來說，我們怎能輕視詩歌的效力呢？所以南社的文藝，即自其文藝本身而論，在中國文化歷史上都有不磨的價值。文人一搖筆雖用力甚微，而潛移默化之功卻不在政治之下。因為革命黨人多熱血英俊，孤憤滿胸，為詩氣骨清厲，容易喚起青年的同情。

然自五四新文化運動以來，胡適輩以提倡白話文學整理國故，對於中國文學的觀念，持有新的見解；於舊詩尤為排擊，舊體詩的命運似乎已經走到盡頭，無力地苟延其殘喘而已。記得胡適在批評舊詩人時曾這樣說過：「今日的一般詩人，皆以能神似某某為最高目的，極其所至，不過為文學界多添幾個贗鼎耳，文學云乎哉?!」固然舊詩經歷一久，容易流於油腔濫調，無病呻吟，或剽竊盜襲，全篇鬼話，失去詩的自然的本性。且運典造句，不出先人窠臼，任何天才，皆不能有獨特的表現。這是舊詩發展的最大障礙。

但排擊舊詩的結果是矯枉過正，弄得一般青年連平仄都分不清，中小學是無論了，連今日的大學生中不知平仄的恐怕還不在少數，這豈不是一個大笑話嗎？舊詩沒落以後，新詩雖一時代之而興，究竟是舶來貨色，只能迎合一時好奇的人心而已。近幾年來似乎又消沉下去了。

中國的文字，從本體上說是衍形系而不是衍聲系，所以形較聲尤重，但自中國與印度的文明接觸以後，一班翻譯佛經的僧侶受了梵文的啟示，創造了三十六個字母應用到中國的反切和韻書裡去，實在是開中國聲韻學的先河。以後中國文學上的歌曲之有長短音節，便是受了印度聲韻學輸入的影響的。因為梵音有長有短，有清有濁，它的長短，有如中國之平仄。既有了平仄，則五音容易定奪，所以一班詩人採用這個新法，使古詩和樂歌的體例起了很大的變化。自佛教文明衰退，聲韻再失其傳。一切文教，幾成化石。但聲韻音律在文學上的重要性，還未全消滅。到了今日，如果不懂平仄的話，簡直是不能欣賞我國古代文學的好處的。

原來胡適們的反對舊詩，是說那些舊詩人們沒有創造的能力，只是抄襲那些古人的陳句而加以粉飾，或故意運用晦澀的典故，賣弄聰明，誇衒古博，使人一見頭痛，這樣的指摘實在甚當；但若說舊詩完全沒有一顧的價值，那又未免太刻薄了。

實在，詩是人們感情最高的表現，所謂剎那間的靈感（inspiration）當然不是堆砌裝飾所能表現的。即使勉強地表現，在文藝自身已經沒有什麼價值了。小泉八雲曾說：「為著修飾成一本最完整底著作，而消耗了無限底時間與精力，也是不值得的。可以說是完全沒有必要，文學這種工作特別的是一種想像與感覺的工作，把你想像的經驗與感覺的過程記錄下來，便是盡了你最大底責任了。文學對於創作者的本身是一種愉快，是一種不斷的安慰。我以為在悲苦中，在煩惱中，在靈感苦鬥的時候，把作詩看成為一種道德的修練是最好的。」文學詩歌是人類思想感情的表現。人有一種感情，就有一種表現；但表現卻因人們的生活環境和教育程度而大有差別。

文學作品的成功，原是作者自身的一種滿足。所以一個詩人偶然作得一首好詩，不禁手舞足蹈，一唱三歎，其狂喜與內心的滿足是旁人所不能共喻的。然而詩情的蘊蓄，卻因作者的心境感覺不同，而詩的情調自然也很複雜的。大抵有名的詩人往往是失意落魄的多，所以悲苦的詩常比愉快的詩來得多，而且容易感人。譬如吾人於寒雨之夜，挑燈披卷，讀古人出塞遠征和愛國憂時的詩，便自然而然地有一腔悲憤，與作者的心境起了共鳴。如我們讀了陸放翁的「人材衰靡方當慮，士論崢嶸未可非。」和「憂時愛國書生事，臨水登山節士心。」可以想像到宋室偏安的一般社會情形，和今日的社會情形大致是相似的。因為詩人感覺銳敏，先天下之憂而憂。所以讀來悲壯，使人為之擊節。還有一種是悠閒自適如田園詩人的陶潛一派所作的詩，如：「孟夏草木長，繞屋樹扶疏。眾鳥欣有託，吾亦愛吾廬。既耕亦已種，時還讀我書。」讀來非常輕鬆舒服，使人體會到一種真率自然生活之可羨。

我國的詩，大概多以意內言外為主，寄託遙深。所謂「詩以道志」，措詞婉妙。如雲中飛龍，偶見鱗爪；如鴻冥天外，微聞餘響。很少平白流露，但文學的表現方式是有種種不同的。我的意思以為作詩應該由艱辛入於平易。寫情須要精深沉摯，亦悲亦壯，明朗暢快；寫景須要雄恣豪放，盡天然之美。溫柔敦厚，兼蓄並收。寫難狀之景，達不喻之情，必深刻幽渺，打入心靈深處。運典能自然恰切，如鹽入水，了無痕跡，卻也無妨。

我們知道，要瞭解一個詩人的作品，非先知詩人的人生、個性和時代的環境不可。因為環境和個性之影響於作品是極大的。環境有各人所處的不同，個性有天生的不同，所以反映於作品上的思想作風也自然不同了。

近代負盛名的詩僧有兩個：一個是八指頭陀，一個是曼殊和尚。八指頭陀的生活是行雲流水，飄逸灑脫，他作的詩，不失為禪僧本色。曼殊是多愁多病，悲憤纏綿，身世蹉跎，以英之拜倫自擬，他作的詩，多帶兒女癡情，哀感頑豔。他倆的詩之共通點，就是一股熱烈的情感，和動人的聲調。我初學詩時愛讀它的緣故，也是因為如此。總之，讀來平易自然、深醇蘊藉的詩，都自一番艱辛得來，如精美的短篇小說和韻文，沒有經過一番洗練是寫不出來的。

在舊體詩中最常見的是吊古、懷人、臨水、登山、送別、書懷一類的詩。這些題目因為人人易作，所以在今日所有的詩集中，已經不知有多少了。在這些平凡的詩題中，只要是真摯感情的表現，也不是不能寫出好詩的，但詩的本身往往非俗人所能瞭解，如當我們欣賞著名句的時候，我們決不能拿科學的常識來作根據的。如李白有名的「白髮三千丈，緣愁似箇長。不知明鏡裡，何處得秋霜。」讀來覺得非常有趣。但我們常識決不會相信頭髮有長至三千丈的。

我們要知道，科學的根據是客觀的，詩是純粹出於主觀和直覺的。在詩人的眼裡，一草一木的顏色，都有它特別的意味。所以要欣賞詩的好壞，沒有文藝教養的人是不能知其恰到好處的。向來詩的批評家所稱為好句的，多為反常識的話。但在詩的自身，卻是「黃金自有黃金價，從不和沙賣與人。」所以，詩只要真情流露，並不要言之有物或像數學公式那樣的有方程式似的才算是好詩。只要它的格調溫婉，熱情奔放，讀去自然使人歡喜了。

如我們讀著唐人柳宗元的〈漁翁〉詩：「漁翁夜傍西岩宿，曉汲清湘燃楚竹。煙銷日出不見人，欸乃一聲山水綠。回看天際下中流，岩上無心雲相逐。」或陸放翁的〈樓上醉歌〉：「我遊四方不得意，佯狂施藥成都市。大瓢滿貯隨所求，聊為疲民起憔悴。瓢空夜靜上高樓，買酒捲簾邀月醉。醉中拂劍光射月，往往悲歌獨流涕。鏟卻君山湘水平，砍卻桂樹月更明。丈夫有志苦難成，修名未立華髮生。」寫景寫情極其沉著痛快，有一種無限纏綿的情緒迷人似的，叫你不得不愛讀它。又如王陽明的有名〈泛海〉絕句：「險夷原不滯胸中，何異浮雲過太空。夜靜海濤三萬里，月明飛錫下天風。」這詩是王陽明率兵平寧王之亂，避亂海上所作。述其天空海闊，縱橫無礙，超越了人間苦樂禍福的境界，讀去使人同樣地受其達觀的心境所同化。

但詩並不要用艱深的字眼，或晦昧的典故才算好詩。記得明代一個日本公使來華，過西湖時詩云：「昔年曾見西湖圖，不信人間有此湖。今日打從湖上過，畫工還欠著工夫！」這首詩連小學生也能看懂的罷。它並沒有用什麼典故和雕琢，但它是渾然融洽平明真率的一首好詩，是誰也不能否認的罷?!

我的詩，已經作得十幾年了。大概民國十三四年，我就開始學作起來了。這十幾年來我走過的地方，都留下一些詩的痕跡。可惜稿子是隨作隨散，或是保存在友人的通訊裡，自己向來是無意留存的。老實說，我的詩只是為自己作的，我只是在靈感緊張的時候，拿起筆來，寫出我的喜樂悲憤的心境，給自己閒吟詠歎而已。自然，有人喜歡讀我的詩，也是很快意的事。如日本的西鶴全集裡所說的：「即使同樣是櫻花，而開在好的地方能被人看得見的，花也是幸福的罷。」

同樣會作幾首詩的人，他的詩為友人所愛誦，這怎麼不使他歡喜呢？民國二十一年我在泰縣光孝寺的時候，就在友人的慫恿之下，曾將初期所作的詩稿印成一本小冊，名《慧雲煙水集》，那集裡共收了一百十幾首，多屬行腳紀遊的詩稿，還有許多散失各處，現在再讀起來，自己也不能滿意了。所以，在這次重編的時候，除了一些自己尚愛好的以外，已刪除到三分之一。往日的詩魂，讓它和悠悠的往事同流水一般地逝去罷！

民國二十三年冬天，我因台灣道友之約，前往弘法。歸途突被日政府逮捕，竟指我與台灣政治陰謀有關，在異國的獄裡送去了一年的光陰，所得的代價是百餘首詩和一個很大的亡國教訓。現在，這些詩都從我的腦裡流到紙上來了，本來預備單印一冊，因為經濟起見，所以和《煙水庵詩稿》合印了。

我的詩本不敢隨便問世，但自信在我的生命史的前半期，倘若要看一點影像的話，卻不能不到這些詩上去尋了。我的目的：只是要讓愛我的師友，在我的詩上，可以看到我的生命活動的微波而已。

承弘一法師為我題封面的字，和在台灣留學中的隆耀道友特地為我寫一篇序文，是使這部詩稿異常生色的。上海鄭蘇藁居士為我寫的一篇序文，是臨時趕寄來的，文詞樸實，最得我心。又，將付印時得到南京松泉老和尚經濟上的施助，在此謹誌感謝。

民國二十五年三月十八日慧雲自序於廈門南普陀寺

答蔡敦輝（一九二八夏作）

百城煙水一孤僧，到處溪山解上乘。年少吟肩輕似雁，秋來傲骨冷於冰。
袈裟此世禪如寄，明月前身夢幾曾。多謝蔡郎相問訊，何時共約住雲層。

吳宓批註：此首描狀作者，隱概全集，用為全卷之首，甚合。

題廬山妙培上人梵土行腳造像

換卻支那舊衲襟，遠攜瓢笠赴雙林。祇園劫後浮圖少，鹿野春寒草木深。
鷲嶺閒雲生復滅，恆河流水古猶今。勸師莫說西來意，千載何人會此心。

歸閩院作

十年樹木已森然，幾度風波幾變遷。若個孤兒懷母院，諸多師友隔人天。
國危未合長高枕，世亂寧容少息肩。今日荷擔恐無力，可能遲我漫加鞭。

中岩訪法空師偕瑞金上人

海山深處隱岩阿，寺路迂迴掛薜蘿。澗水琤琮穿石響，松陰涼潤少人過。
偶隨清侶尋懷素，重入幽廬禮佛陀。往日僧寮都換盡，獨留榕樹尚婆娑。

法空上人善書，有懷素之風。

寶山岩尋笑溪學長

南山別後到而今，一笑猶能識故音。引箭射天何所礙，飛絲觸面恐難禁。
舊遊如夢憑誰說，同學惟君愛我深。五載飄蓬成底事，歸來重負故人心。

師住南山寺，勞苦功高，外間多未能諒，然師固恝然置之也。

萬石岩聞會泉老法師說法（一九三四年夏作）

為聽生公法，不辭冒暑來。半山開講席，萬石繞經台。
一喝當頭棒，圓音入耳雷。願聞無盡意，蓮漏漏相催。

悼覺三法師

五老峰前舊講師，殷勤面目見鬢眉。行文似錦無凡色，落筆如龍有婉姿。
衡嶽雲山空負約，閩江風雨帶深悲。年時語笑何堪憶，悵望人天淚眼垂。

覺三老人晚年時，有歸棲南嶽之意，竟未如願而寂於閩中。

登芝山仰止亭

千年城郭護南州，仰止山亭今尚留。足下名藍遭劫火，眼中華屋幻蜃樓。
萬家煙樹連天遠，一曲清溪入海流。古殿荒涼泥佛在，西風斜日不勝愁。

芝山南麓乃開元寺舊址，今為基督教會購築校舍。

吳宓批註：宓去春有詩云：「行到桃源亡玉女，眼中華屋變山邱」，與此有合，但意不同。

遊岱仙岩悼法相上人

長憶當年法相師，殷勤教我學吟詩。看山雨後時相伴，待月岩前更有誰？

祝髮無緣稱弟子，驅烏曾為作沙彌。而今重過經行處，古木蕭蕭轉可悲。

上人台灣人，出家福州鼓山，後住漳州圓山岱仙岩。

瑞竹岩題壁（一九三〇年冬）

杖藜結伴此登臨，絕巘喜聞山鳥音。杖木不知秋色老，江帆初上晚潮侵。
覓泉滴瀝蒼苔濕，石徑模糊紅葉深。卻笑楚熙太多事，重生枯竹本無心。

瑞竹岩為漳州名勝。五代時，康僧楚熙結廬於此，剖竹引泉，竹生笋，故名。見府誌。

吳宓批註：「杖木不知秋色老，江帆初上晚潮侵。」飄逸幽秀，唐人勝句。

萬松關

盡日山行不厭煩，故鄉自有好江村。難逢勝侶同攜手，偶得清流更探源。
漫道奇僧曾伏虎，願看枯竹再生孫。萬松關內多名蹟，都作伽藍供世尊。

石室岩有龍袴祖師，傳曾伏虎於萬松關。

南山寺消暑

自別家鄉又幾年，南山消暑有深緣。供僧齋飯添新芋，饗客冰糖泡白蓮。
龍眼累累盈院後，木蘭片片落窗前。人間幽處吾知隱，一局圍棋抵午眠。

一九三〇年夏與瑞今、笑溪、林惠柏等息夏漳州南山寺而作。

庵兜訪老禪（傳矩上人）

人間六月苦炎天，攜笠相隨訪老禪。樹上荔枝紅似火，庵前芋葉綠於蓮。
鹽桃入齒無酸氣，菉筍烹茶有異鮮。如此山居堪小住，故鄉處處好流連。

吳宓批註：「樹上荔枝紅似火，庵前芋葉綠於蓮。」真實，有力。

歸小雪峰

我亦雪峰舊子孫，遊方今始返山門。家風未泯思衣鉢，祖印重提識道源。
一佛轉輪開法界，五獅翹首禮慈尊。三年參學無分曉，孤負壇前剃度恩。

小雪峰自佛化老人重興以來，我喝雲派下道風甚盛，今日閩南諸長老無不受其教化。

泉州開元寺懷古（開元寺，唐匡護禪師開山）

刺桐城內開元寺，行腳不來又幾年。冷落山門仍見額，巍峨塔影尚摩天。
三堂百院規模在，萬佛千僧史乘傳。聞道護公結廬日，袈裟展處現桑蓮。
荒涼佛國積蒼苔，多少高僧此轉胎。漫說祇園金布地，須憐蕭寺劫成灰。
眼前龍象聲重吼，園內桑蓮花又開。千古名藍多瑞應，佇看八部繞經台。

登鼓山作

十里長林煙樹叢，泉聲入耳自玲瓏。閒雲明滅晴空外，野鳥間關亂壑中。
芒履初登千仞嶂，輕輿臥聽萬松風。八閩山水真幽絕，峭壁題詩憶晦翁。

人間炎熱苦如燎，小住山中暑轉消。日近幽窗猶懶懶，風吹古木自蕭蕭。
松陰滴翠來詩境，溪上清流瀉石橋。夜靜不嫌閒話久，佇看明月照林梢。

昔日高僧說法處，寒潭深處有龍營。結廬曾訂還時約，造寺重提舊日盟。
天曉未聞鳴五板，經餘才覺過三更。名山自古多佳話，石鼓湧泉此得名。
國內禪林每朝例須鳴五板後，始接鐘鼓早課，獨鼓山僅鳴四板而已。

將之台灣留別薛澄清

小住名山歲月奔，禪餘靜覺道心煩。扁舟明日容與去，載得輕愁出鷺門。

雨後登月眉山

雨後新蟬樹樹鳴，石橋水漲路難行。南瀛山水今初面，一杵疎鐘入耳清。

宿北投溫泉旅館

萬壑泉流林外分，驛亭車馬往來紛。樓台盡在森森裡，夜靜清歌隔樹聞。

登暖暖金山院訪普玉吟友

為尋夢遊地，躡履上幽崖。拄杖一憑眺，千峰眼底排。
訪君忘路遠，暑氣正侵衣。松徑停僧屐，蒼煙滿翠微。
精藍傍山起，六月生奇寒。淨地幽如此，無緣到亦難。

與賢頓師登觀音山（一九二八年）

雨後攜朋絕勝躋，風車橋畔夕陽西。重重翠竹沿村繞，嫩嫩藍秧耍岸齊。
極目峰頭天欲盡，更衣溪上樹猶迷。山行十里凌雲寺，一路樵歌雜鳥啼。

烏來山雜詩（台北郊外高山族聚落，有溫泉）

看山相伴入烏來，煙樹蒼茫鬱不開。夾岫流雲迴暮雨，穿橋激浪起晴雷。

遊踪絕境畬初見，腳力盡時地更寬。峭壁飛瀧千百尺，教人再不憶天台。
一溪煙雨午風斜，山店無油自煮瓜。堪笑人間緣未了，衲衣蹤跡遍天涯。
萬峰深處雨蕭蕭，亂石當流勢自嶢。卻羨蕃村饒異趣，竹笻扶我過懸橋。
客樓孤坐夜漫漫，輾轉高吟得句難。躡屐呼燈橋上過，接天星火滿蕃山。
芒鞋到處世情牽，風雨能來豈偶然。徹夜溪聲撩客夢，一燈明滅伴僧眠。
風打松杉雨打蓑，來時不及去時多。漁郎溪口如相見，應問歸舟價若何？

答友人東邀觀菊

故園秋事任闌珊，行腳天涯人未還。我比東籬花更瘦，豈應病骨強追攀。

旅中口占

一夢東遊志已衰，經書兩笈賣伊誰？逢人未敢言歸去，怕有纏綿贈別詩。

倚裝柬別蔡敦輝

惜別年年增涕淚，禪心似水易生波。無端歸去還惆悵，來歲能逢髮未皤。

客中寄友人

飄零絕島冷僧衫，幽壑孤崖病眼饞。秋雨夜來香國靜，西風海上望歸帆。

善慧和尚約遊草山未果

約我殷勤意易孤，草山面目望模糊。夕陽細雨磧溪路，一夢蕭蕭有復無。

寄鷺江諸友

貧病頭陀一鉢孤，客廬風雨正愁予。昔年師友都千里，誰為山僧問起居？

甲戌冬重遊台灣，舟次基隆，風雨兼天，悵然有作，即寄少濤、潤庵諸故人（王少濤、施潤庵）。

行腳生涯未計程，渡杯又作海南行。拍天狂浪從頭落，出水青山入眼明。

旅夢每隨寒雨斷，詩懷常傍怒濤生。停舟欲訪故人去，獨倚蒼茫無限情。

訪李石鯨有贈

六載相違消息斷，何期今日訪君來。人生聚散知難料，心緒支離未可猜。

積習難忘吾漸老，清談應讓子多才。輕車便向台南去，暮雨瀟瀟客思催。

謁鄭延平郡王祠十二首

鄭延平郡王祠，在台南市中，一名開山神社。中祀鄭成功氏，兩廊兼祀明末忠臣及鄭家將士。凡遊台南者，多前往憑弔致敬。衲甲戌冬，以台南開元寺授戒會之招，重遊台南，乃得前往巡禮，俯仰徘徊，欷歔不能去。鄭氏功業，盡人皆知，蓋以海濱孤臣，不忘故國，一身繫天下安危，其忠義有足多者。歸寺，輾轉不能寐，挑燈握管，成十二律。

一

榕陰深處晚風吹，獨有山僧拜古祠。明室難扶非戰罪，鄭王雖敗是男兒。千秋俎豆憑誰奠，一代雄才動我思。手種寒梅遺澤在，年年花發惹人悲。

今祠中鄭氏手種梅花一株尚存，枝幹蒼古，為詩人憑弔之材料，憶某詩人題絕句云：「欲屈南枝向北難，寒梅不共霸圖殘，素心幾點橫天地，宜是孤臣淚未乾。」

二

破斧沉舟憶遠征，孤忠何處弔延平。江山雖小存明朔，戰甲無多有漢旌。絕島遺民今易主，金戈鐵馬合銷聲。中原此日猶荒亂，命世知誰再降生。

自鄭成功至孫克塽凡三世，俱奉永歷正朔。

三

沈郎壯語重祠廊，異代名臣膽亦剛。勝國幾人堪下拜，匹夫若個值稱揚。北園萱草存遺愛，蕭寺墨痕帶古香。往日城池都廢盡，春秋何處論興亡？

清沈葆楨宦遊台灣，謁鄭祠，題聯推崇備至。聯云：「開千古得未曾有之奇，洪荒留此山川，作遺民世界；極一生無可如何之遇，缺陷還諸天地，是創格完人。」

北園在台南市外，即今之開元寺，當日成功為母特建之別墅，後捨為寺，現藏有鄭成功手書一幅，為寺中名寶。

四

半壁東南苦撐持，英雄心事世焉知？愴然文物思華夏，絕好河山讓島夷。地下有靈應疾首，人間無淚可題詩。眼前已自難為哭，況待國亡種滅時。

五

百戰忠魂何處招，可憐社稷久蕭條。淒涼風月曾無恙，破碎河山歷幾朝。
千古烏江猶有廟，九秋白馬尚來潮。至今三百年間事，都與英雄俱寂寥。

六

蕭蕭易水起悲風，壯士何曾慕沛公。剩有丹心酬社稷，獨留豪氣貫長虹。
庸才我敢憑詩祭，史筆誰堪論戰功？今日英靈猶宛在，未應高唱大江東。

七

峴山軍次小停戈，壁上題詩感慨多。呼酒犒師人願死，艤舟弔古淚滂沱。
十年生聚追勾踐，百戰功勳繼伏波。當日金陵如得援，肯教胡馬渡黃河。

按日人宮崎來城氏所著鄭成功傳中，曾錄鄭成功攻金陵時，途中倘佯於山水之間，忘身於兵馬倥傯之際，登峴石山題壁詩云：「黃葉古祠裡，秋風寒殿開，沉沉松柏老，暝暝烏飛回，碑帖空埋地，社階悉雜苔，此地少人到，塵世轉堪哀。」

吳宓批註：按此詩曾載光緒二十九年之《新民叢報》筆記中，余少時擬以鄭成功事，作成歷史小說，以此詩開端，此詩公夙能背誦也。

八

愀然中夜撫吳鈎，舞罷樽前憶仲謀。慟哭蒼生隕涕淚，忍看胡虜據神州。
貔貅陷盡存孤憤，心力抛空剩一頭。天為滄溟開別島，英雄身後自千秋。

九

山川黯澹負羈臣，南島淪亡已冊春。報國慚無龜手藥，殉城哪有碎頭人？
莫提面目稱同種，終恨洪荒結比鄰。自古東夷非與國，而今何處說和親？

冊：數詞，四十之意。

十

猛憶家鄉劇可哀，夢魂空繞水操台。英雄幾個文兼武，忠藎寧教骨化灰。
折戟沉砂心未死，揮戈返日氣難回。千秋青史何堪讀，亡國偏生此霸才。

成功年十五，補南安弟子員，受高等試，進南京太學。虞山錢謙益甚器重之，為字曰大木。唐王即位福州，號隆武，成功應召，王奇其狀貌，絕愛之，撫其背曰：「惜朕未有女以配卿，卿可盡忠吾家，毋忘故國。」封忠孝伯，賜姓朱，改名成功，從此中外稱國姓。明末胡虜猖獗，其父芝龍開關延敵，成功泣諫不聽，其別思文帝曰：「臣父臣叔，皆懷不測，臣願捐軀別圖，以報陛下。總之，此頭此血已許陛下矣。」英雄決心，寧違父志，不肯負國，所謂大義滅親者，吾國民非不能解。

十一

畢生肝膽已全傾，援絕兵窮涕淚橫。四面悲笳驚戰馬，萬山鼙鼓壓邊城。
愁聞汎地傳胡語，況聽軍歌雜楚聲。一片孤忠酬殉主，至今有島號思明。

十二

神州衰靡已多年，卻讓島夷先著鞭。春老杜鵑聲更苦，夜深明月影空圓。
衣冠滿眼人猶昔，葵藿朝陽志未遷。負盡遺民五百萬，何時再造此山川？

劍潭庵懷古

明治橋東舊劍潭，英雄昔日此停驂。霸圖寂寞隨流水，烽火焚餘剩古庵。
神社石燈夷氣在，山川陵谷劫灰含。眼前無限興亡事，何處能尋野老談？

贈小維摩居士（台北王少濤，號小維摩）

六年不覿維摩面，風雨孤庵忽見過。艋舺詩人兼畫伯，薌江和尚舊頭陀。
三台君外知音少，五嶽僧歸險句多。一夜傾談殊未了，明朝相訪意云何。

贈蔡劍閣居士（蔡敦暉）

久別斯人驀地逢，往年唱和興猶濃。前身顧我原明月，涉世憐君未化龍。
劍閣評詩纔過午，騷壇擊缽又相從。闍黎亦有艱難意，向晚愁吟飯後鐘。

飯後鐘（瀛社擊缽吟會作）

王播生平苦耐貧，淒涼蕭寺寄吟身。半床故籍長資蠹，一領寒衫欲化鶉。

空見題詩明素志，誰知滿腹有經綸。碧紗籠處吾無羨，獨憶當年失意人。

重過北園弔秋梧亡友

六年別後多風雨，何意奇英獨見摧。衛道空憐僧肇死，著書重憶辯機才。
北園寂寞君何在，南島淒涼我又來。今日塔前容掛劍，山陽笛韻有餘哀。

訪台中德林和尚

兩渡南瀛興有餘，停車來訪故人居。十年愧我仍行腳，一筆輸君善著書。
歲晚客心思遠道，霜前花草滿幽廬。小窗竹影多生媚，良晤匆匆意未舒。

贈岡山超峰寺永定和尚

昔年曾見老頭陀，訥訥無言帶笑多。已向岡前開梵剎，更從峰頂建層坡。
法源清淨傳臨濟，寶殿莊嚴奉釋迦。如此規模須願力，畢生辛苦未空磨。

石壁湖道中

蒼茫山色撲吟眸，郭外人家竹樹幽。春水滿田農事早，輕車漫坐看犁牛。

登石壁湖圓通寺

趁晴卻為看山忙，村落依稀認故鄉。車過懸橋堪練膽，人從陌路見朝陽。
天寒日午聞清磬，水抱山環入遠茫。彌勒開顏還自笑，宛然石壁似雲岡。

贈圓通寺妙清比丘尼

石壁湖邊憶舊遊，重來又是幾經秋。春寒鳥語聞空谷，日晚鐘聲動寺樓。
萬種因緣隨願力，十年辛苦費籌謀。禪林規制今粗備，不負開山女比丘。

日月潭道中水裡坑即景

快遊鎮日渾忘言，車到水坑日未昏。碧嶂千重來兩眼，清流一曲抱孤村。

沿溪廬舍多鷄犬，滿樹芭蕉盡子孫。恨煞平生不能畫，空教身入此仙源。

宿日月潭涵碧樓旅館

甲戌冬，遊日月潭，宿涵碧樓，風景幽絕，曉望潭上諸峰，流雲明滅，忽聞南京廣播電台放送故國歌聲，喜作。

山樓向曉入高雲，多謝東姬侍候勤。疊席生涯餘宿戀，番茶風味帶清芬。
隔村杵響千峰應，故國歌聲萬里聞。飯後移時遊思動，容與潭上日初曛。

贈台中達明優婆夷

殷勤若箇優婆夷，願力莊嚴世幾知？獨向獅山聞海會，當留缽水作天池。
散花自古勞天女，愛道從來讓佛姨。建寺論功誰可及？南瀛只有妙清師。

宿二水碧雲寺贈頌德上人

水社清遊冒雨歸，夜深來扣故人扉。庵燈入眼門猶遠，蕉葉迷人路轉微。
寺主殷勤頻問訊，客心少靜渾忘機。明朝山下應難別，況是匆匆又欲違。

日月潭雜詠

乘興探奇趁曉晴，輕車直入萬重阬，絕危崖下從容過，時有溪風送我行。
萬仞峰頭夕照頹，清潭縹碧畫圖開。果然風物非人境，不負聞名渡海來。
一曲清塘萬影投，嵐光山色自凝眸。此潭似厭平原俗，不伴江湖到處流。
小林遮處有高樓，夜宿連牀一夢幽。向曉窗前憑遠望，白雲猶抱數峰頭。
十載雲山入未深，更從五嶽費搜尋。如能買得蒲團地，何用誅茅傍碧岑。

千林重複綠如油，山鳥清啼破客愁。直上萬峰寧計遠，但看潭影已能酬。

一舸容與喜共探，忽聞蕃吹出前潭。萬峰倒影藍於水，靜看斜陽浴晚嵐。

荒村蕃女自成群，衣著無殊眼色分。最愛杵音初寂後，蠻喉清脆透重雲。

蕃族生涯日月長，鳥音人語水雲鄉。相逢莫問今何世，漢魏隋唐俱渺茫。

一縷輕煙抹碧巒，屏山應作畫圖看。夕陽湖上無人語，欲寫孤懷落筆難。

與鄭卓雲居士同遊水社喜贈

千嶂遊程一日回，喜逢勝侶共追陪。此行同有安禪計，不比尋常行腳來。

遊關子嶺溫泉

柴屋數家傍石湫，門前松竹自清幽。絕勝南島迷人地，臘月山花似柘榴。
曉日初升照影紅，陰森萬木已無冬。偶從紅葉山頭望，天際流雲似亂峰。

重遊稻江贈舊友蔡君劍閣（台北市別名稻江）

一從別後無消息，五嶽歸來重見君。昔日相期未全負，海天詩思入浮雲。

遊大岡山龍湖庵六絕

六年前記此登臨，今日重來思更深。女眾伽藍信稀有，清規一一似叢林。
天際精藍竹樹圍，長林時見白雲飛。小蹊行盡聞樵語，知有人家在翠微。
山岡勝處此層樓，好景憑窗一望收。入夜村燈千萬點，迎人新月在峰頭。

積翠長巒萬木蕃，蒼茫落日照孤村。不知秋老空山後，猶有群芳滿寺園。
偶逢勝侶得流連，一宿龍湖信有緣。曉霧迷濛天似海，此身彷彿在樓船。
山居風味絕塵喧，猶有輕車到寺門。鋤菜灌園無別事，人間此處是桃源。

遊后里毗盧寺答真常法師見贈原韻

南島舊遊地，孤蹤似片雲。何緣除夕夜，來與論時文。
博學驚同輩，辯才應冠軍。毗盧清淨地，端賴戒香薰。

重遊龍湖庵

故國歸舟歲已除，又攜塵錫過龍湖。整衣重上堂頭座，洗鉢還餐香積廚。
說法難逢天女解，安禪自覺定心粗。結廬何處尋佳地，如此山林海外無。

本事

小浦南莊憶故村，榕陰破屋想猶存。少時父執今都老，舊伴兒曹半已婚。
舟到渡頭知日午，鴉啼樹杪辨朝昏。鄉居歲月清如水，夜靜溪風送到門。
十年我已老袈裟，愧向親朋說出家。癖性尋常徒自負，聰明今日哪堪誇？
半囊詩稿心聲在，萬疊雲山錫影斜。尋得安身立命處，隨緣從不怨天涯。

吳宓批註：真切。

贈弘一法師

昔年文彩不須論，戒行精嚴世所尊。法運而今幾欲絕，衰危賴有古風存。
神州律學久荒涼，僧格淪夷今益彰。幸有阿師能崛起，南山遺緒未全亡。

讀曼殊和尚全集

十年前記識名初，癖愛君詩今未除。畢竟情深難自悔，可憐才大向誰舒？

天涯飄泊懷師友，身世蕭條見手書。死後文章增重價，名山事業定何如？

燕子山僧擅怨詞，八雲箏裡久沉悲。人間到處情兼淚，愛裡寧無妒與癡。

七字參寥應拜手，孤吟賈島合為師。笑他多少閒兒女，喜讀曼殊本事詩。

西湖謁曼殊詩僧墓

飄零湖海怨孤征，破缽艱難淚眼傾。留得嘔心詩卷在，千秋兒女識師名。

蕭然一塔閣黎墳，寂寞桐陰鳥雀喧。行腳人來重問訊，湖山無語黯銷魂。

遊靈隱寺謁慧明長老

雲水參方慕昔賢，曾從禪定證因緣。堂頭說法垂垂老，傾倒東南五十年。

天童寺謁八指頭陀塔院

上堂已了午初過，拄杖來尋窣堵坡。松下扣門驚宿鶴，塔前投地拜頭陀。
滿窗題畫知名手，繞屋梅花見古柯。佳句詩人都寫盡，縱能落筆恐無多。

題八指頭陀詩集

解詠從來便有神，衡湘歸後句猶純。耽吟不礙禪心定，奇字還將畫意陳。
好水好山行腳盡，名人名士唱酬頻。頭陀自是傳千載，並世詩僧得幾人？

北平柏林寺即景

牡丹初謝海棠開，惹得群蜂去復來。芍藥含苞先後放，藤蘿落葉淺深堆。
滿庭紅遍枝頭杏，繞屋環生樹上梅。北寺春寒花事晚，葡萄四月始重栽。

讀呂碧城集

喜讀清詩對小窗，奇才如水瀉春江。曾遊美國攻文學，更向歐洲建法幢。
著作等身人未老，雄談驚座世無雙。為憐群類呻吟苦，獨泛滄溟萬里艭。

竹林寺

絕壑棲心尚未能，慣攜經篋更擔簦。隨緣小住竹林寺，掛搭仍為粥飯僧。
病肺自療宜向日，讀書相伴有孤燈。撲窗滿眼都新綠，且喜樓居最上層。
齋罷峰頭日未升，輕煙裊裊出林騰。安排几硯經重校，檢點詩文手細謄。
入耳新蟬憑樹噪，照窗斜日透簾蒸。年來法藏荒疏久，援筆何從論大乘。

秋日遊招隱寺

久聞招隱路重重，拄杖來遊野徑通。楓葉滿林唯鳥語，松濤如海作天風。
名藍劫火尋常事，梵宇樓台造化功。世亂何心買山住，一瓶一缽任飄蓬。

送達然道友赴焦山（達然號靜嚴）

客裡能逢信有緣，淡交二月似忘年。讀書自愧多膚受，論學相期更細研。
滄海我曾懷駕輦，名山君已著先鞭。蕭條宗下今尤甚，待爾重興百丈禪。

遊佛印山房贈仁山法師

佛印當年安定處，山房舊屋未全空。偶來禪寺登高塔，卻入經壇識遠公。
落筆文章驚浩瀚，清談豪氣見雄風。名藍只合高僧住，說法降魔一室中。

金山寺贈某雲水僧

十年雲水老遊方，又為打包趁夕陽。粒米同餐江上寺，蒲團共定午餘香。
山門蘆長波濤遠，石塔風高鈴鐸忙。閒聽禪和春殼子，油瓶跌破不須防。

遊焦山

江上名藍萬木圍，買舟相訪趁斜暉。輕帆風滿初收槳，拍岸潮生欲濺衣。

近水庵居秋更好，盪空鐘響晚來微。山門逝水滔滔盡，日夜東流竟不歸。

重遊焦山

一別焦山又歲餘，前遊草草興難舒。枕江有閣長聞水，避地何緣此著書。
啟靜鐘聲旋碧落，納涼人語出丹除。門前燈火時明滅，知是漁舟夜捕魚。

遊西湖

昔年空作西湖夢，今日親來夢始醒。急雨初晴春水綠，斜陽欲下晚峰青。
風吹曲院香偏遠，舟過平潭氣尚蒸。北望蘇堤長十里，垂楊一路到西泠。

三潭印月

六橋蕩盡出三潭，風自輕微水自藍。倒影樓台遙隔岸，迷人花木繞孤庵。
一堤青柳千條動，十畝紅蓮萬朵含。打槳歸來天色晚，消涼瓜味有餘甘。

行五雲山最高處

五雲絕頂天風急，煙柳六橋淡欲無。行到峰頭試回首，亂山如雨下西湖。

登韜光庵

韜光佳處隱樓台，泉石寒凝渾不開。小坐幽篁天欲暮，好風吹過夕陽來。

宿六和塔

高塔巍然未可爭，摩天峻影一孤擎。重來鈴鐸如相識，夜靜時聞傳語聲。

與妙乘學長之靈峰觀梅

老梅消息繫吾念，向曉山行百興攢。雨急溪深路欲絕，靈峰猶在白雲端。

群芳豔質尋常見，翻覺山花獨耐看。齋罷扶笻歸去也，春風吹雨打衣寒。

壽諸暨張書紳居士（書紳居士為老友張慕槎紫峰之父）

江山蒼莽蘊耆英，俠骨襟懷最有情。白業修成壽者相，浙東嘉遯已知名。

有懷

曼殊懷母吾懷父，同樣飄零感不勝。賸有一枝寒錫影，金牛湖畔作詩僧。

春日偶成

二月江南春最好，山中排日有花開。爐香靜後渾眠去，疑自初禪出定來。

送鄭蘇葉居士之牯嶺

聚散無端易引愁，年來師友繫離憂。江干珍重難為別，知否相逢又幾秋？

月夜懷余天民大同

申江小聚又驪歌，相去兼旬一剎那。今夜月明都萬里，人生長恨別離多。

南普陀消夏

人間何處堪消暑，山寺陰森夏最宜。時有鳴蟬破岑寂，小窗睡起動秋思。

登兜率陀院（院為南普陀寺後山水池所在）

五年行腳遍江南，今日歸來此復探。幽屋半開松石掩，長天一望海雲含。泉流活潑鳴清籟，鐘響紆徐蕩晚嵐。深壑不須龍造雨，山阿自有水成潭。

聞蕙庭法師示寂揚州

揚州噩耗使人驚，悽絕臨風淚欲傾。徒有衣珠迷眾女，已無篦骨刮盲睛。蕭條法苑神龍死，寂寞塵寰狐鬼鳴。象鼻撩天今亦斷，此方獅子合銷聲。

虎跑寺

遙望山門一徑深，千年古木護禪林。寒泉澈底清人骨，雜樹扶疏悅鳥心。
平地得泉因虎跳，亂松逢雨作龍吟。東風留客知何意，且倚危樓待夕陰。

理安寺

九溪深處理安寺，百尺高楠繞寺前。地靜轉嫌流水響，春深唯有野花鮮。
看山未了三生願，掛搭慚無一宿緣。獨羨禪居風味永，茶香時節試新泉。

時住持維明為台人，相見時甚歡。

重遊育王寺

育王梵剎甲東南，今度重來已老參。近寺疎鐘聲穩穩，繞堤新柳葉毿毿。
入堂恰值齋僧日，洗缽還巡舍利龕。唯願慈光常住世，長留靈瑞護伽藍。

避暑普陀與妙法同學至後寺應供（一九三三年）

島上朝朝酷暑皆，偶臨後寺便開懷。巨樟蓊鬱翻風日，古柏蕭疎覆石階。
乘興聯輿同赴供，整衣入寺趁施齋。名山一飯非容易，多少禪僧踏破鞋。

遊無錫黿頭渚

黿頭一角小蓬瀛，打槳來遊落照明。渚上有樓皆向水，山中無樹不聞鶯。
撼天松籟同遙響，拍岸湖潮作怒鳴。六月江南消夏處，藕花風過晚涼生。

寄懷謝秋濤潼關

竹林舊話已闌珊，風雨雞鳴憶夾山。凄絕難為京口別，黯然長記秣陵還。
煙霞痼疾吾無改，戎馬倥傯子未閒。道遠相思心更切，魚書何日到潼關？

謝秋濤，閩人，余居京口夾山竹林寺時，彼率軍來駐，相見莫逆。後移軍秣陵，余曾往訪，小住數日而別。其後更移軍潼關，相見無日，遂以此詩寄之。

西湖送妙法同學歸昆明

平生離別最傷情，今夜相逢月正明。南海晚潮清夢遠，西湖春水碧波生。
八年經篋隨孤笠，萬里雲山憶故城。分手江干魂欲斷，可堪無句送君行。

寄懷洞庭包山聞達同學

漳州別後久相思，況值孤懷落寞時。吳國山川勞我夢，太湖煙水見君詩。
看雲攜手知何日，問字傾心應有期。欲向江南尋隱處，洞庭可許結茅茨。

海陵光孝寺除夕

客中除夕最生憎，迎得新年歲又增。雪後梅花香更遠，齋餘爐火氣猶蒸。
窗前日暖瓶初解，屋角風來水又凝。自笑南僧不知冷，攜笻河上擊殘冰。

遊小香岩圖書館

名園舊蹟小香岩，四月群芳未盡殘。門外鳥聲催細雨，廊間花色映疏欄。

秦時鐘瓦何人識，鄴架琳琅飽我觀。更喜幽居近蕭寺，不須重歎借書難。

破山寺訪葦乘法師

為訪故人冒暑來，清遊喜與共追陪。禪房花木迎初日，石塔經幢歷劫灰。
蕭寺胡松千古在，宋梅唐桂一庭開。冷香底事偏先折，長使詩人感慨回。

破山寺偶詠

蕭梁舊剎有空潭，歷盡滄桑今復探。綠葉陰成風軟軟，碧桃花發柳毿毿。
鳥鳴高樹聲偏好，日照長林影轉藍。小立亭前春色滿，賞心畢竟要江南。

與道航學長夜話

玻璃廳口柳風微，為愛清談坐不歸。何處孤懷憑寄託，小齋清境未相違。
山中筍長添新味，門外花開映落暉。二月江南春氣早，滿林初綠照柴扉。

廉飲堂坐夏

山中長夏晝如年，桐葉成陰影正圓。為愛幽窗移枕簟，不妨清夢作詩仙。
未能高臥忘塵世，且喜端居絕俗緣。廉飲堂前花寂寂，芭蕉穠綠石榴鮮。

破山寺喜逢竹吾學兄

閩中別後久無聞，今日江南喜見君。歷盡風塵顏漸老，飽經憂患語斯勤。
嗟予未捨隨肩笠，與爾且看出岫雲。無限幽懷難盡訴，空心潭畔坐斜曛。

與葦乘法師同遊三峰寺

輕輿遙望綠初齊，為訪名藍走僻蹊。古殿無僧香火斷，小樓有客語聲低。
開山舊話憑誰問，落筆新詩何處題。祖業重興吾輩事，豈宜長負此招提。

重遊三峰寺疊前韻

三峰古剎自蕭齊，幾度來遊過野蹊。鐘鼓淒涼清磬寂，寺樓掩映亂松低。

齋堂橫額金牛舞，丈室長聯宰相題。一代宗風思漢月，禪林佳話至今提。

方丈室有翁同龢宰相書聯，明末漢月禪師曾於此開堂。

寶岩舟中

郭外舟行景物殊，偶因人語動飛凫。櫓聲鴉軋容與去，一面青山一面湖。

劍門懷古

峻嶒怪石舊烽台，壯士當年一劍開。此是虞山雄絕處，可能喚起國魂來。

菜園村觀菊同逸溪竹吾二上人

清晨相約訪東籬，滿眼秋英露意滋。一夜花開千萬種，迎人不待曉風吹。

武林雲棲道中（一九二七年夏作）

雲棲幽絕處，地僻往來稀。竹密野蹊亂，苔鮮石徑肥。

岩花因雨落，林鳥逐僧飛。塵世飄然遠，山深暑氣微。

海陵道中（一九三二年夏作）

碧水迴環舟自行，江南江北綠波生。揚州猶有南朝寺，掩映紅牆照眼明。

漁戶家家傍綠灣，桑麻鷄犬自閒閒。如何大地平如許，一自瓜州不見山。

孤篷睡穩客心悠，向晚斜陽送急流。無數碧桃花盡謝，江村疏雨逼新秋。

午風淡蕩亂鶯啼，十里河塘綠正齊。落日驚雷仙女廟，沉沉人語雨澌澌。

題楊豫立雲山拄杖圖

胸中丘壑隔塵寰，拄杖飄然獨往還。且喜吾曹頭未白，尋詩到處有雲山。

又題藕花香雨圖

芙蓉塘內幾枝開，絕豔紅衣費剪裁。自古美人誇國色，前身應是此花胎。
風搖荷蓋半傾頹，菡萏開時葉未摧。若使娑婆成淨土，一花合供一如來。

春雨

昨夜東風草色肥，桃花欲謝燕初歸。今朝遍地都春雨，望斷江南柳絮飛。
淒迷故國稱心稀，北去南來夢覺非。寒食卻過春欲盡，惱人無奈雨霏微。

虎丘山懷古

吳門山水足遊觀，舊蹟登臨思渺漫。無數青山爭撲面，潭光劍影逼人寒。
昔日姑蘇天下揚，虎丘餘壘任滄桑。可憐歷劫三吳地，一塔頹然對夕陽。

生公說法已千秋，公案而今喜尚留。若使當年侍師側，肯教頑石獨低頭。

海陵秋夜偶成

滿樹秋聲側耳聽，斜窗月色夢初醒。霜寒風緊颼颼夜，殘葉蕭蕭落一庭。

謁中山陵

神州麗氣鍾茲山，如此山河締造難。一死聲名驚海宇，六朝煙雨護陵巒。
重聞鼓角魂應斷，況見干戈淚更酸。山海關前胡騎急，漫跨虎踞與龍蟠。

遊莫愁湖

問道江南取次行，秣陵春色又相迎。輕橈一槳寒波動，亂堞千行照影明。
鷗夢偶緣人語醒，湖光如此客心驚。愧無佳句堪題壁，孤負莫愁對石城。

登廬山作

一九三二年夏，自海陵遊廬山，作以下諸詩，曾錄呈陳三立詩人。

清晨獨自訪仙鄉，霽色初開曉日涼。滿地江湖煙水闊，蒼茫吳楚斗牛藏。
藍輿彳亍登霄漢，杉徑陰凝接翠篁。莫問廬山三百寺，千秋梵宇付紅羊。

匡山絕頂逼諸天，滿耳溪聲樹樹蟬。路接雲衢疑海市，人從鳥道入仙廛。
半空煙霧迷香界，萬壑笙竽合管弦。到處茅庵容掛搭，不須長備杖頭錢。

仙家避世久忘秦，末俗昏狂芻狗陳。憂國豈論方外客，住山應屬葛天民。
孤踪寥落不辭遠，行腳能來未算貧。勝地喜無車馬至，相逢盡是拄筇人。

吳宓批註：廬山諸詩均佳。

牯嶺消夏

匡廬勝處推牯嶺，一入仙源煙樹重。流水有情常作伴，閒雲無意偶相逢。

晚霞縹渺千峰幻，幽屋參差萬綠濃。向午扶筇溪上過，松濤滿壑隔林鐘。

訪梁文勇山居

小住廬山信快哉，幽居更有好樓台。詩僧訪客穿雲至，花木迎人冒暑開。
餐後冰瓜涼過水，午餘山雨鬱成雷。窗前桐葉勤於扇，時送清風入戶來。

遊黃龍寺觀天竺娑羅寶樹

策杖黃龍觀寶樹，更尋幽谷覓龍潭。山花滿壑溪藤繞，雜木成陰野徑毿。
倚壁攀蘿危處過，臨流濯足冷中參。深崖直下三千尺，泉石清涼澈底藍。
千年寶樹存天種，萬木低頭拜下風。老榦槎枒參碧落，亂峰重疊抱靈宮。
清泉如練爭離谷，翠竹成林欲蔽空。歸去暮雲正迷路，山嵐涼潤又微濛。

榦，木名，柘樹。築牆時立在兩頭之木，作主幹用。

贈山中禪侶

一杖飄然到處牽，喜逢勝侶話纏綿。山中活計知清淡，身上袈裟見補穿。
經罷有時還種菜，齋餘無事便參禪。門前早久無多水，獨引寒泉灌白蓮。

登五老峰

看山不厭陟崔嵬，直上峰頭一杖藜。極目孤崖驚地小，舉頭危巘覺天低。
西看牯嶺隨雲滅，南面漢陽與額齊。身到此間無可說，擬從絕頂結茅棲。
五老峰高天下聞，蒼然面目望中分。遙看大野渾無際，回首諸山自不群。
萬壑飛煙成暮靄，千岩落日帶殘曛。鄱陽湖霧迷如海，散作匡廬雨後雲。

自五老峰往觀三疊泉

落日雲中五老斜，更從千仞看飛霞。溪深幽響傳空谷，泉細輕流浣白紗。
絕壑能遊唯鳥雀，寒潭終古隱龍蛇。高山流水泉三疊，欲溯源頭薄霧遮。

與克全妙培二上人同遊天池寺

斜陽一逕靜無人，策策松鳴鳥語親。小坐山風撼岩屋，談禪天地入微塵。

思遊東林寺未果

東林夜夜夢相催，行腳無緣亦可哀。寂寞高風千載下，有人遙拜舊經台。

與梁文勇譚德周諸友同遊黃家坡瀑布

奇境無端又得名，寒潭從此有新聲。廬山已重千秋價，如此清冷繫我情。

怪石巉岩老壑幽，深溪六月冷於秋。看山忽憶陳居士，一杖未能共此遊。

約陳敬伯居士未至

名山聲價重人傳，千古幽潭隱未宣。絕似桐廬山下水，清流縹碧見重淵。

台灣獄中雜詩五十二首❶

弁言

甲戌冬，余赴台灣弘法，歸途突被日政府逮捕，竟疑余與台灣政治陰謀有關，羅織成獄，無罪禁錮，至於一年；幸蒙海內外師友奔走營救，始得釋放。獄中愁苦纏綿，無以遣日，生命安危，置之度外，久之亦自恝然。幸平日略諳吟詠，差足自慰。唯獄中紙筆詩韻俱無，但憑苦憶而已。初入獄時，悲憤填膺，數月之間作詩達百餘首，且每吟必成律詩，逐日默記暗誦以自遣。稍後許讀指定書籍，吟事遂廢。出獄後所憶者已

❶ 答慧雲法師將結華嚴詩社兼和常長老

枯木

枯木無心一年年，尚餘詩債在人間。腳跟立地能成佛，唾涕還丹不學仙。
懷素書蕉稱草聖，參寥吟獄悟詩禪。鷺江蕩漾連天碧，信是華嚴第一篇。
慧雲法師獄中雜詩頗多佳句

不及半矣，茲就記憶所及，尚能默記五十二首，雖未能見其全豹，然余獄中之見月思鄉、懷人憂國與心境之哀樂愁憤，於此固尚可見也。嗚呼！亡國之痛何堪想像，讀吾詩者，其亦有同感乎。

中華民國二十五年二月二十六日慧雲記

一

滄海歸帆向午升，無端魑魅遽相凌。吾心似鏡寧藏禍，夷計如狐慣聽冰。
去國難為頑貊客，擔經悔作化胡僧。眼前羅剎猙獰笑，揮劍斬魔恨未能。

余受聘赴台弘法，心地光明，絕與政治無關，歸舟方欲出帆，突遭逮捕，殊出意料之外。

二

風滿牢窗雨漸繁，一腔心事共誰論？才如江海應無負，國限華夷何所尊？
入眼青山都黯淡，照人明月亦黃昏。吾生憂患如斯極，夢醒天涯有淚痕。

三

曇無讖死在邊陲，僧史分明有確詞。但使因緣莫相負，縱教湯鑊亦奚辭。
憨山南謫寧為恥，法顯東歸幾許危。自古高賢遭難慣，天寒始見傲霜枝。

梵土高僧曇無讖來華弘法，歸途為賊殺害。憨山、法顯諸大師亦均為法屢遭危難。

四

小獄陰沉夕照寒，終朝兀坐意盤桓。新詩熟韻多忘記，糙飯饑腸亦飽安。
深夜月光窗上照，故人顏色夢中看。遙知師友關心切，欲寫數行紙筆難。

五

歲晚滄波絕島間，盈盈一水未能還。阿誰作孽偏相累，我輩何辜竟被牽。
出國方知亡國苦，憂時恨缺濟時緣。男兒熱淚知珍重，肯向鄰夷一泫然。

六

無端送我上輕車，前路茫茫哪可知？一到潮州囚更苦，重聞鄉語淚頻垂。

艱難忍作鄰邦客，狡獪終輸木屐兒。徹夜陰風空作怒，天寒況值月虧時。

入獄之日，同室中有華人某氏，將被逐歸國，恐為余通信息，將余另送至潮州一小獄。

七

沉吟終日我何嫌，佳句偶成意自恢。撲面春寒風似剪，動人幽思月如鐮。
纏綿愁緒難為理，汩沒心潮未易恬。徙倚牢窗天又晚，撩愁燈影到眉尖。

八　懷隆耀師

相約同遊絕島湄，風波艱險志難移。憂時愛國嗟何及，拔劍降魔悔已遲。
歸去因緣空託夢，安排愁憤學吟詩。人間悲慘寧過此，隔獄存亡兩不知。

隆師與余同行，亦遭禁錮。

九

殷勤送我到江干，正是冬風撲面寒。握手分離腸已斷，回舟相望意頻酸。

誰知禪客初歸日，被作樺山第二看。珍重深情何可報，他時欲見事應難。

樺山為台灣首任總督，未佔領前，聞曾化裝中國僧人往台數次，測探險要云。

十

眼前一死等鴻毛，忍辱須臾寄此牢。愛敵徒憐甘地戇，援鄰終讓拜倫豪。
誰知亡國山河美，敢信愚民政策高。倘使群黎心不服，懷柔百計應空勞。

印度甘地氏，有「愛汝之敵人」的口號。英貴族詩人拜倫氏曾援希臘獨立。

十一

一夜東風草木嬌，陰晴天氣近花朝。含冤莫白誰堪訴，屈打寧容爾不招。
淚盡已無衫可透，憂來哪有藥能療？新詩贏得爭傳誦，獄裡艱難足抵銷。

十二

久負昂藏七尺軀，降魔弓劍兩空無。正慚報國餘孤憤，詎料疑僧抱異圖。
狡兔窟成寧易讓，頑鳩夢暖竟難蘇。捨身飼虎吾何畏，獨惜頭顱豈丈夫？

十三

打草驚蛇計亦愚，求仁志士豈全無？狙錐自古終難索，瓜蔓而今應已疏。
掩耳盜鈴寧快事，疑神見鬼惹浮屠。山僧心力迂兼懶，慚愧難為此壯圖。

十四　再懷隆耀師

前月疑君返國行，誰知好夢竟虛成。偶聞異訊驚吾魄，重起悽然憶子情。
雨暴風狂須忍耐，海枯石爛總分明。豈無佛力冥加護，多少先賢死裡生。

十五

孤憤滿懷何處陳，哪堪風雨又殘春？縱教瘐死還常事，便得生歸已廢人。
虎口狼肝寧易足，烏頭馬角恐無因。眼前微命輕於蟻，始信難為弱國民。

十六

三月棲棲獄又遷，牢空轉喜夜能眠。歸心盡日無他慮，懶骨經時漸自堅。
詩思春潮初漲後，吟情山雨欲來前。手頭若使管城在，落紙狂言許可傳。

十七

東島奇男懷幸德，可兒終古動人憐。狙隨博浪心何壯，抹殺耶穌論亦鮮。
坐獄空餘思過日，徒刑還剩著書年。馬哥遊記同遷史，一樣文章百世傳。

日本學者幸德秋水氏，下獄著有《基督抹殺論》一書。意大利馬哥波羅之《東方見聞錄》，與漢司馬遷之《史記》，亦均在獄中執筆。

十八

禪心無著任安危，禍福分明未可知。但得停心觀熟柿，寧憑浮木濟盲龜。
異鄉空灑相思淚，胡獄永為紀念碑。消我牢中千萬恨，有人傳誦遠僧詩。

十九　三懷隆耀師

與君誓志入蓬萊，陷阱當前哪可猜？契闊雷陳寧共死，臨歧羊左有餘哀。
纏心煩惱須調伏，睜眼修羅任去來。寄語隆師莫惆悵，霜威終不礙寒梅。

二十

疏星幾點月婆娑，半歲牢居渾剎那。獄裡豈應三宿戀，人間長似一南柯。
春來窗下花爭笑，日暖檐前鳥自歌。世上紛紛何所為，夜深怕看撲燈蛾。

二十一

芸芸萬類等蜉蝣，敢笑先賢有杞憂。住世何能求百歲，懷人寧使隔三秋。
忍教埋骨留夷土，但有傷神憶故邱。我本無心吟苦句，誰知一詠便生愁。

二十二

欲學陰何苦未安，吟成一唱自三歎。鮫綃有淚難相寄，魔眼無情豈易瞞？
若個尋詩來獄裡，偶然詠月入毫端。勸君句句須珍重，不是同心莫使看。

二十三

三界無安似火爐，人間地獄兩難居。餘生已作驚弓鳥，微命還同少水魚。
淺定何能忘宿慮，排愁幸喜讀吾書。眼前眾苦都因我，畢竟如來語不虛。

二十四 懷吾師惺公和尚

慚愧庸才志尚存，遭逢如此竟何言。遺民俊秀無噍類，愛國詩僧有淚痕。
半世飄蓬勞濟渡，十年飲水敢忘源。縱教滄海深千丈，未及吾師法乳恩。

二十五

春深怕聽子規啼，小步牢前日欲西。獄裡光陰渾渺渺，眼前花草自萋萋。
未能入定忘孤憤，卻喜搜腸補舊題。閒憶平生行腳處，雲山如夢轉淒迷。

二十六

胡牢終日百無聊，唯有閒吟解寂寥。監吏宛如狼與虎，楚囚卻似鼠防貓。
殘羹芋飯隨人度，雜米砂泥任自銷。悵望鄉邦千萬里，可憐舊夢已飄蕭。

二十七

一身自在任安排，生死何能動我懷？尺道未成魔已丈，種因雖正果偏歪。
誰知酷獄天難問，敢信奇憂地可埋。獨惜淚痕留不住，若懸檐角定穿階。

吳宓批註：三四句非有深切人生經驗者，不能道出。

二十八

牢居兩腳軟於葱，偶得徘徊氣漸融。山小牆高唯見日，花開草長自迎風。
檳榔遠影如修竹，橡葉陰森似刺桐。獄裡不知春色老，杜鵑五月尚嫣紅。

二十九

羈僧有父半龍鍾，小謫紅塵六十冬。一缽沿門慚未養，九年飛錫感離悰。
故鄉田舍人家買，亡母梧棬破匱封。蓬矢桑蒿今已負，歸時欲報恐無從。

三十

一入幽監言語裁，心潮終日去還回。魚書縱許遙相寄，紙筆何從索得來。
吟就新詩勞記憶，空懸冤獄費疑猜。卻教多少驚人句，都與閒愁一例灰。

三十一

南國春歸雨意漫，短襟薄席不禁寒。檐前燈影孤懷寂，牆外蛙聲百思攢。
憂極轉無心可擾，夜長幸有夢堪歡。醒來為問天邊月，知否愁人遣日難？

三十二

當窗明月上遲遲，如此清光久不窺。枕上思人常髣髴，客中見汝雜歡悲。
因緣禍福誠難料，風雨陰晴哪易知？無限孤懷頻欲訴，相逢幾值正圓時。

三十三

安排煩惱憤難平，記取鄉關淚眼盈。夢裡分明歸故國，醒來依舊坐愁城。
青天縱目高無際，白日長臨久有情。我自吟詩消永晝，何心閒慮到餘生。

三十四　懷台灣諸道友

此世相逢且莫思，人間魔道正猖披。眾生有願皆成佛，孤憤無端盡入詩。
但得涅槃登補處，定贏說法作經師。豐干饒舌吾何怨，只恐重來未可期。

三十五

牢窗夏日苦相蒸，汗濕袈裟轉覺冰。逢盜豈能言正義，愚民自是賴苛懲。
文明法治原如此，世道人心寧足憑。些小吾身何所惜，只愁師友望頻仍。

三十六 四懷隆耀師

半年不見隆師面，一樣淒涼作楚囚。繫獄知君應更苦，解懸愧我尚無由。
天心未必常平正，我輩何曾有異謀。今日已難聞偶語，暴秦威虐可能收？

三十七 懷盧山友人

悵然猶憶去年別，送汝吳淞夜出帆。隔歲相思情未斷，今宵回首淚難緘。
誰知南海乘槎客，來坐東夷枉死監。遙想故人牯嶺上，也應盼煞遠僧函。

三十八

夢裡鄉關景不殊，可憐極目望模糊。青山綠水思人遠，白日紅霞照眼蘇。
剩有閒情消歲月，已無清淚落江湖。而今愛國寧容緩，願待他年作壯圖。

三十九

病樹蕭然未可欺，風狂不屈向南枝。衝冠欲怒僧無髮，鞫獄先羅吏有辭。
秋雁關山猶杳渺，故園楊柳又披離。願教滄海都成淚，來洗人間黨錮碑。

四十

唇齒存亡契闊深，況兼佛日又同臨。黑衣宰相寧吾願，面壁達摩有定心。
漫說友邦能協力，哪堪與國更相侵？山僧不厭搜腸苦，要贈他年烈士吟。

四十一

人間眾苦一身兼，欲剪閒愁愁更添。誤著衣冠作優孟，豈期聲價重無鹽？
盈盈秋水雙眸斷，寂寂胡監百事嚴。今日分明難縮地，吉凶何處問龜占？

四十二

十年孤負一蒲團，卻入幽牢習止觀。風雨閒愁還自慰，河山信美不相干。
眼中敗紙都珍重，手裡殘箋欲捨難。今日方知書是寶，憂來遮目勝加餐。

四十三

羈愁斷盡懶思還，文字語言一例刪。三世推心慧可悟，九年面壁達摩閒。
悠悠往事難回首，兀兀窮居當閉關。海內何人堪致意，空勞清夢繞家山。

四十四

由來唇齒難相輔，更見豆萁慣互煎。國破家亡堪刮目，鯨吞蠶食正囂然。
同心寧使存三戶，生聚終須要十年。殷鑒分明原不遠，莫教夷手著先鞭。

四十五

轆轆車聲震耳驚，為誰辛苦定時行？人間悲劇常重演，海上狂濤永怒鳴。
細雨瀟瀟應有夢，孤燈寂寂豈無情！醒來忽憶團圓月，今夜不知何處明？

四十六　獄中聞華北告危感作

華北風聲久告危，胡兒面目不堪睨。徒憐封豕長蛇日，忍看犁庭掃穴時。
願引獅喉鳴大漢，肯教牛耳讓東夷。星星小火須知滅，莫待燎原撲已遲。

四十七

胡馬頻聞壓舊畿，而今草檄已嫌遲。背人哀怨非豪傑，赴死從容要健兒。
自悔空流憂國淚，何心更作斷腸詩。山僧若使能歸去，願脫袈裟執戰旗。

四十八

清使驚聞到馬關，居然簽字割台灣。三軍苦戰倘能捷，一紙空盟或可刪。
壯士固應蹈東海，庸才我敢比樺山。而今功狗稱元首，銅像分明帶險顏。

樺山為一僧名，曾任台灣總督。

四十九　獄中聞蔣渭水死事

蔣郎雄辯昔曾聞，滿座男兒有淚痕。劍折弓殘餘寸舌，水深火熱憫群元。
丹心不碎仁人少，青史由來節士尊。今日生芻何處奠？空憑胡獄為招魂。

五十

勁節孤忠憶鄭王，千秋俠骨至今香。雄才崛起何人繼？志士成仁自古常。

匕首穿襟圖恐盡，蟲身百足死猶僵。他年史筆須珍重，莫把蔣家渭水忘。

五十一

畢生瘁力扶民黨，散盡黃金亦自甘。一世望門終殉節，萬人空巷待雄談。
傾家任俠懷張儉，愛國憂時憶所南。些小彈丸窮島上，誰知竟有此奇男。

悼蔣渭水。蔣渭水為台灣當時之愛國志士。

五十二 示虜

早年蹤跡遍南瀛，島上吟壇有故聲。說法登台獅子吼，行文落筆鬼神驚。
枯腸索盡牢騷句，險韻押完上下平。莫笑神州無國土，詩僧才調未全傾。

吳宓批註：前後一貫，悲憤蒼涼，昔人所謂「窮愁而後工」者，殆即指詩中類此之境界耳。

附錄二

先生閣七勿搭八集

陳陵犀

一

海珊上人，愛讀我報，若干日前，於拙著中知我染微疾，因檢太虛法師文鈔數卷見假，謂小病之後，披閱哲學書籍，固不無裨益於身心也。顧精神恍惚，意緒索然，開卷不能終篇，數讀數輟，曾無所入，自知鈍根，不足言慧業也。前日上人又寄我《煙水庵詩稿》一卷，弘一法師署其耑，未曾展誦，已為神往。上人復附箋二，一為通一法師致上人者，道及觀靜法師亦愛讀《社會日報》，又言中國第二曼殊詩僧慧雲法師，方遊海上，箋末刻「我本將心向明月，誰知明月照溝渠」十四字，觀靜法師錄曼殊句也。另箋為海珊上人致愚者，謂「浪漫詩人曼殊大師的詩，你總讀的很多了，當然曼殊在亞子時代的南社，是有著相當才名的，但我總覺他的詩雖好，終脫不了兒女氣態。如今《煙水庵詩稿》出版了，他的詩是含著怎樣的背景？對於佛教的影響和估價如何?還請一讀」。《煙水庵詩稿》，即慧雲法師所著者。曼殊詩文，宿所傾折，今復獲讀第二曼殊詩僧之詩稿，其喜可知，遂以一夜之力盡讀之。曼殊我不及見，而第二曼殊適雲遊海上，會當乞海珊上人，為我作合，一親道範，此亦佛家所謂緣法，第不知海珊、慧雲二師，能不以塵俗而見拒否耳。

法師身世不詳。只知其曾讀於閩南佛學院，於梵典中西文學，造詣俱極深，論詩尤具卓見。讀其作品，似受八指頭陀、曼殊和尚影響頗多，其論兩人之詩，謂「有一共通點，即為熱烈之情感，與動人之聲調」，又言「唯格調溫婉，熱情奔放之詩，斯為好詩」。然慧雲之詩，固具備此兩種條件，於平易自然中，見深醇蘊藉者。余尤愛誦其絕詩，輕靈瀟脫，足擬曼殊，茲錄一二，以共欣賞。留別云：「小住名山歲月奔，禪餘靜覺道心煩。扁舟明月容與去，載得輕愁出鷺門。」烏來山雜詩云：「高樓孤坐夜漫漫，輾轉高吟得句艱。蠟屐呼燈橋上過，接天星火滿蕃山。」遊黃家坡瀑布云：「怪石巉岩老壑幽，深溪六月冷於秋。看山忽憶陳居士，一杖未能共此遊。」

甲戌冬，法師赴台灣弘法，日人疑其與政治有關，羅織置諸獄，凡一年，始得出。獄中成詩百餘首，無楮筆可記，半皆遺忘，僅存五十二首，都一卷，皆憂國思鄉，悲憤慷慨之作也。其一曰：「滄海歸帆向午升，無端魑魅遽相淩。吾心似鏡寧藏禍，夷計如狐慣聽冰。去國難為頑貊客，擔經悔作化胡僧。眼前羅剎猙獰笑，揮劍斬魔恨未能。」其四十四云：「由來唇齒難相輔，更見豆箕慣互煎。國破家亡堪刮目，鯨吞蠶食正囂然。同心寧使存三戶，生聚終須要十年。殷鑒分明原不遠，莫教夷手著先鞭。」其四十七云：「胡馬頻聞壓舊畿，而今草檄已嫌遲。背人哀怨非豪傑，赴死從容要健兒。自悔空流憂國淚，何心更作斷腸詩。山僧若使能歸去，願脫袈裟執戰旗。」沉痛憤激，令人興起，此正法師所謂「由於壓迫的反應而生出沉鬱頓挫的歌詠」也。

轉載自民國二十五年十月一日上海《社會日報》

二

海珊法師登先生閣，以余方理稿，坐半小時去，約於十九日偕訪觀靜法師。及期，余先訪海珊師，相將乘車，赴虹口觀靜師卓錫處，師年事尚青，豐神朗然脫塵俗，相見歡然，有如舊識。余以遺失師文，先致歉意，師笑曰：「留一不盡緣，亦佳事也。」師曾惠書，（見前報）時值聚仁兄過我，因出示之，並為述敬仰意。兄見書，未細讀，即曰：「是非觀靜和尚貽汝者乎？我識其人於未披剃前，固一前進青年也。」

余以此詢師，師言與曹先生未獲一面，殆誤。異矣！座中尚有鎮江竹林寺松月法師，為參加佛教會而來，因談及會務，頗以時多糾紛為憾。觀師笑曰：「出家人正不必以此自擾也。」又顧語我曰：「《社會日報》第四版，記佛教會事，稱和尚為禿頭，……。」語未竟，松師即言，此固出諸內典者。松師頗健談，語多禪理，惜余慧根未修，塵緣未絕，雖有生公說法，乃未能作頑石之點頭耳。

三時許，詩僧慧雲法師至，蓋為先期約晤於是者。慧師為蘇曼殊第二，曼殊詩文，夙所傾折，惜未識其人，今乃得見曼殊第二之慧師，亦足快慰生平矣。師方自雪竇、白湖、天台等地雲遊歸，因請誦記遊之作，師寫示三詩，輕清雋逸，脫盡人間煙火味。其一與芝峰亦幻藴光竹摩諸友泛白湖作二律：「白洋湖上夕陽斜，一舸容與逸興賒。出水蘆花搖白日，隔堤楊柳見人家。秋風啼雁添吟好，莫色名藍入望遐。如此湖山宜小住，未應寥落到天涯。」、「打包江海不思歸，今日征塵又滿衣。合與詩僧同擊楫，最難鷗夢共忘機。扁舟倒影湖天碧，秋水盈眸蘆荻稀。乘興狂歌人自樂，無端驚起野鳧飛。」

其二宿金仙寺作：「百忙來訪金仙寺，細雨停舟夜扣門。滿座故人都未老，早年舊夢已無痕。隨緣瓶鉢過三宿，去國風懷又一番。欲向湖山佳處住，勞勞行腳此心存。」觀師出手冊索題，以志因緣，率書舊句十四字以應，真佛頭著糞也。後導入其師弟觀瀾師禪房小坐，案頭置書數十卷，俱新文學書籍。又弘一上人小影一幀，豐子愷先生題詩其上曰：「廣大智慧無量德，寄此一軀肉與血；安得千古不壞身？永住世間剎塵劫！」壁上懸上人集華嚴經書聯曰：「如月清涼被萬物，以法滋味益群生。」上人之詩文，曩曾於南社集中獲讀之，灑脫自然，別擅風格，心儀其人，今獲瞻仰留影，亦豐子愷先生所謂緣也。

觀靜師知我仰慕意，慨然以其影貽我，尤為欣喜。慧師則贈其撰譯詩文數卷，此行誠不虛也。觀師款待至殷，餉以菓食，復堅留晚飯，固辭不獲。食時，松師忽微喟曰：「人世一切，皆為虛偽。」觀師戲詰之曰：「汝我情誼，其亦偽乎？打齋募金，我固無求於汝也。」慧師代答曰：「人性本惡，善乃偽也。」斯時海師已盡飯一器，將輟箸，觀師請益，強而後可。松師乃曰：「此非虛偽之證乎？」相與大笑。至七時許，始偕海師欣辭出，並約再見期。

轉載自民國二十五年十一月二十三日上海《社會日報》

陳陵犀，當時上海《社會日報》社社長，與曹聚仁等報界名人過從甚密，與佛教界高僧大德亦頗多交往，喜讀太虛法師文鈔及曼殊大師詩等。為該報「先生閣七勿搭八集」欄目的主要撰稿人。

附錄二

慧雲上人自廈門寄示煙水庵詩稿讀之生感賦寄

常熟宗子威

一

嶺雲海日一危樓，中有詩人在上頭。九死孤臣哀宋瑞，千金大俠報韓仇。
國殤山鬼蹲蹲舞，犵鳥蠻花故故愁。菩薩心腸才子語，滔天劫運幾時休？

詩人：指台灣邱逢甲詩老。

二

到此休嗟蜀道難，風雲日露滿騷壇。謝皋羽淚竹如意，黎美周詩黃牡丹。
梵宇經秋鐘唄寂，天風徹骨海山寒。鐵函一部傷心史，留待他年井己眢。

騷壇：指《煙水庵詩稿》隆耀法師序文中「詩社林立」語。

三

此地唯知獄吏尊，刊章名捕及禪門。南疆行腳來飛錫，北寺囊頭痛戴盆。
世事到頭皆鬼魅，人生何處說親寃？荻灰難畫燈芯盡，字字吟成有血痕。

四

能作昆明劫後談，大瓢圓笠走天南。江山涕淚新詩卷，香火因緣古佛龕。
去日浮屠三宿戀，亂餘心事一肩擔。神僧法力如龍象，特地親從虎穴探。

古佛龕：指曾晤作者於破山寺。該寺即現今的常熟興福寺，為江南知名古寺。

題慧雲上人煙水庵詩稿

牧天

胡塵捲地慘邊城，願脫袈裟事遠征。嶽降奇僧迴浩劫，天留雙眼哭蒼生。
獄中詩艸挑燈讀，匣裡霜鋒破夜鳴。我亦沅湘孤憤客，十年真欲負狂名。

憶北京林子青兄（一九八〇年歲次庚申仲夏）

潘慧安

未見甫翁四十年，尺書欲寄白雲邊。鷺江舊夢依稀在，煙水詩篇信可傳。
破鉢殘經虛歲月，袈裟多難幾顛連。京華勝概殊疇昔，每憶前塵夜不眠。

煙水庵詩稿續集

將結華嚴詩社漫成一律

江南行腳幾經年，道是無緣卻有緣。身寄蓬萊成法界，定回兜率擬神仙。
才能絕世詩無敵，語可驚人句已傳。怪底山僧閒不住，漫將結社效前賢。

李意白院長約遊南普陀因雨未果貽詩次韻卻寄

大千如夢亦如禪，一著袈裟忽十年。靜向人間觀眾苦，閒從定後話諸天。
已聞太守來方外，不見輕車到寺前。梵宇清談應有日，聊將文字結因緣。

再疊意白居士賜和原韻

行雲流水一枯禪，重覓童心廿八年。已覺塵身多幻夢，且將佛眼看人天。
詩傳摩詰千秋後，地擬匡廬五老前。我比參寥應有愧，吟風弄月只隨緣。

摩詰：即維摩詰，釋迦同時人，曾向佛弟子講說大乘教義。

匡廬：江西省廬山。白居易詩曰：「匡廬奇秀，甲天下山。」也叫匡山。

五老：神話傳說中的五星之精。

參寥：莊子虛擬的人名，高遠虛空之意。李白有〈贈參寥子詩〉，宋釋道潛，號參寥子，皆取義於此。

上海舟中贈通一和尚

平生肝膽與君傾，道義黃金有重輕。我輩才華甘寂寞，人間屠狗自蜚聲。
莫將文事相標榜，敢謂詩疵畏品評。秀出天南同一筆，凌雲心事亂縱橫。

國清寺

早從教史識天台，今日何緣到此來？百尺浮圖凌翠靄，千章古木繞崔巍。
石橋水盡無清響，野徑秋深有綠苔。為愛山中塵境寂，夕陽寺外一低徊。

浮圖：佛，塔，傘頂。此處喻塔。

崔巍：高峻貌。《楚辭》載曰：「高山崔巍兮，水流湯湯。」

佛隴修禪寺懷古

佛隴山頭阡陌里，天台智者此開宗。當年古殿無尋處，幾代高僧有遠蹤。
俯覽懸崖還見寺，徘徊落日獨攜笻。修禪幸得遺碑在，讀罷悽然一動容！

笻：竹名，可為杖，故杖也叫笻。

登華頂峰拜經台憶智者大師

天台絕頂拜經台，拄杖登臨夕照開。極目連山接瀛海，降魔一塔鎮崔巍。
偶緣日暮穿雲上，可許月明飛錫來。西望楞嚴十三載，高風寥落使人哀！

宿華頂藥師庵

峰間柴屋聚成鄰，到此相逢俱隱淪。清磬寂然僧定後，野茶零落鳥啼頻。
埋名豈是千秋業，苦行終須百煉身。夜宿茅庵近華頂，曉來權作趁齋人。

自華頂至石梁

華頂歸途趁曉霜，諸天秋色雜蒼黃。千峰初日聞松籟，一路沿溪到石梁。
萬斛飛泉奔絕壑，四山滴翠溼輕裝。臨流無限懷人意，獨倚樓欄望下方。

丙子秋過白湖訪芝峰亦幻諸舊侶作

百忙來訪金仙寺，細雨停舟夜扣門。滿座故人都未老，早年舊夢已無痕。
隨緣瓶鉢過三宿，去國風懷又一番。欲向湖山佳處住，勞勞行腳此心存。

與芝峰亦幻蘊光竹摩諸友泛白湖作二律❶

白洋湖上夕陽斜，一舸容與逸興賒。出水蘆花搖白日，隔堤楊柳見人家。
秋風啼雁添吟好，幕色名藍入望遐。如此湖山宜小住，未應寥落到天涯。
打包江海不思歸，今日征塵又滿衣。合與詩僧同擊楫，最難鷗夢共忘機。
扁舟倒影湖天碧，秋水盈眸蘆荻稀。乘興狂歌人自樂，無端驚起野鳧飛。

將歸閩海與風葉兄夜話

滿天風雪透窗寒，海上逢君別有歡。半夜吟詩忘寂寞，十年行腳話平安。

❶ 丙子九月十八日慧雲法師來自閩南偕亦幻芝峰竹摩諸法師伴泛白湖秋色盡興而返作詩記之

蘊光

白湖湖畔秋陽紅，黃是梧桐丹是楓。有客乘槎來南國，豪情勃發不可窮。
湖山湖水美如此，遨遊攬臂邀諸子。掉入清波鏡裡同，人坐小艇瓜皮似。
一路緩搖款乃聲，瓜皮艇比葉兒輕。良辰佳客匪易得，湖山好處不勝情。
縱談歡笑情如醉，湖水碧兮山色翠。淡淡夕陽隔水明，疏林嬌抹燕支面。
忽然湖上起風姨，吹起浪花濺衲衣。舟搖蘆荻洲前去，驚起沙鳧拍拍飛。
此時熱情狂一片，野蓮寒蓼花四面。大家引吭放豪喉，梵腔同念香雲蓋。
竹摩要我唱西廂，唱罷慧雲情更狂。一曲妙歌聲宛轉，曲名可憐的秋香。
回舟風息波紋細，白湖滿眼饒詩意。九月江南秋猶暖，綠柳陰中纜堪繫。
回首金仙寺宇雄，寺前佳木影蓬鬆。
慧雲將它攝入影機裡，我把一天遊興寫入詩句中。

不教壯志隨顏老，肯讓愁眉鎖鬢端。明日歸舟莫惆悵，魚書倘許勸加餐。

歲暮海上別友人

家書歲晚屢相催，風雪纏綿辭別來。海內知心慣離散，天涯孤客又思回。
已無壯句留君賞，可有深情慰我哀？此去相逢應不易，故人莫勸再傾杯。

送別枯木長老

十年幾度共巾瓶，契闊真如水上萍。把手不堪言遠別，隨緣未合感飄零。
莫提近事增愁憒，且喜新詩見性靈。各抱孤懷難問世，留將兩眼看君青。

次黃秋聲居士遊虎溪岩題影原韻

天下而今半佛徒，幾人識得真浮屠？飄零我已如齊己，風雅君應繼大蘇。
莫問此心何所著，最難為法作長驅。何當重趁閒時節，來續虎溪三笑圖。

齊己：公元八六〇～九四〇年，唐代詩僧，自號衡嶽沙門。

大蘇：後世稱蘇洵（父）為「老蘇」，稱其子軾為「大蘇」、轍為「小蘇」，此處即指蘇軾。

和黃仲琴居士五十生朝自壽詩原韻

披得袈裟不厭貧，乾坤何地著閒人。尋詩到處空懷古，學道經時未證真。
說法偶逢花解語，住山只合石為鄰。平生故舊相忘慣，春雨纏綿夢又新。

丹初居士將之菲島以詩留別次韻奉答

與君結契有深緣，我愛蒲團君愛氈。廿載素心風雅擅，一囊詩稿紀遊專。
南荒絳帳遲春雨，故國青山隔海天。今日頻吟留別句，不堪離思滿詞箋。

贈別陳丹初居士　有序

丹初詞人與衲相識，有忘年之契，每有過從，備承獎借，期許之深，難可言喻。今將遠別故國之菲律賓講學，臨歧在即，不知後此相見復何時也，因感知遇，輒述所懷，率成四律，情見乎詞矣。

十年湖海老元龍，臭味相投又幾冬。末俗阿誰論意氣，斯文餘子重儒宗。孟郊高介貧難累，陶令風流句不庸。應向名山留事業，豈期人世祝華封？

孟郊：公元七五一~八一四年，唐湖州武康人。少時隱居嵩山，與韓愈結為至交。郊詩大都傾訴窮愁孤苦，感情深摯動人。但以過於求險求奇，不免晦澀。

陶令：晉陶潛，曾任彭澤令，故稱。

華封：華封人祝帝堯長壽、富有和多男，後人因稱為華封三祝。

博學深情世已稀，南閩風雅到君微。作詩奇似黃山谷，有女賢在鮑令暉。四海交遊多朗抱，平生所好及緇衣。欲將文字酬期許，我願如空與俗違。

黃山谷：即黃庭堅，公元一〇四五~一一〇五年，宋分寧人，為「江西詩派」之祖。他出於蘇軾門下，與秦觀、張耒、晁補之並稱為「蘇門四學士」；後與蘇軾齊名，世稱「蘇黃」。

鮑令暉：南朝宋鮑照之妹。工文詞，詩歌清巧，尤長於擬古。

君家兄弟久相知，晤對從容擅妙詞。時以閒情觀萬物，常將慧眼看群兒。
向人心地清難染，出世文章淡始奇。垂老愛才應更切，異邦桃李待風披。

鱣鮪豈宜勺水居，直應游泳入天池。致身何用青雲上，相契寧將白首期。
異國從來愁易起，殊方自古客難為。頭陀久蓄投荒意，萬里靈山有遠思。

鱣鮪：魚名。鱣為鯉，鮪為鱘魚，合稱常作「鱘鰉魚」。此處意指大魚也。

軍弋筆山少文諸詞人餞別丹初居士於南普陀小集海印樓喜吟山中坐雨

三界如焚鬱不開，喜逢佳侶此追陪。林間鐘響徐徐度，天際雷聲故故催。
酷暑惱人來急雨，清吟對客愧非才。他時高會知何處，惆悵山樓一引杯。

天台山道中

曉發錢塘逸興幽，江山重複豁吟眸。霜風掠野孤村靜，楓葉沿溪滿眼秋。
千里征程方半日，一車行色過三州。而今行腳殊容易，五嶽何妨次第遊。

重過鷓鴣岩贈舊識老松

廈門面海環山，石多樹少，而古松尤稀，以余所見，最老者為鷓鴣岩一株百尺凌霄，風霜無恙，蓋千年前物也。余十年前居太平岩，每過其下，必仰觀久之。今行腳歸來，老松如故，人事多非，嗟乎！人生數十寒暑，視此千年孤松，寧能無感！

十年面目依稀認，每值登臨便憶君。愛爾干霄無傲意，嗟予飛錫枉凌雲。
風霜古榦從難礙，澗壑良材自出群。今日相看情未已，鷓鴣岩上坐斜曛。

香港旅次偶作

煙水茫茫腳久閒，避兵來看嶺南山。達摩浮海杯空渡，法顯投荒志未刪。
欲轉金輪超世界，已忘生死在人間。去留於我今無著，萬里風塵任鬢斑。

題楊鐵夫居士桐陰勘書圖

風塵歷盡世緣疎，投老天涯獨卜居。慧眼澄明比摩詰，高才凌厲似相如。
便來桑下參禪偈，應勝薪餘爨漢書。學佛於今知入處，莫從牛後打空車。

相如：指戰國趙人藺相如，以計取還璧，而得完璧歸趙，以功為上卿。

爨：炊，燒。

避亂居大嶼山寶蓮寺作

海上幽棲未易尋，孤蹤常恐入難深。誰知一葦橫江日，猶有九年面壁心。
晝靜唯聞清磬響，山高只合白雲臨。何當息影峰間住，遺盡諸緣空古今。

大嶼山客夜次前韻

中夜孤燈思漸閒，卻看寒月照空山。鐘聲微動禪初定，境物渾忘慮自刪。
已覺勞生如夢裡，何心流詠到人間。菴摩羅果分明認，法界三千此一斑。

南渡久難成行偶感寄滬上友人

似水流光歲又違，閩江烽火尚難歸。南行自古風波險，北望中原戰事非。
肝膽今應塗故國，袈裟久欲換征衣。極知救世須忘我，東虜僧兵何足稀！

戊寅人日遊太平山遇霧同靄亭法師

春雨如煙白晝寒，纜車疑上碧雲端。人間樂土空中現，天際高樓霧裡看。
避亂尋山寧擇日，遊方托缽亦隨安。蒼茫鄉國知何處，且向危梯一倚欄。

武漢書感

孤蹤入粵忽經年，兵火聲中過漢川。錦繡山河憑記取，亂離雲水且流連。
喜聞晉北頻飛捷，遙望江南一惘然。國運於今成轉局，同心終信可回天。

贈台兒莊歸來戰士

大軍浩蕩赴前方，曾與東夷拚一場。十萬健兒身不顧，百年弱國氣初張。
吞吳陷魯終連敗，掃穴犂庭恐未忘。今日逢君聞戰況，始知終信可回天。

掃穴犂庭：犂平其庭院，掃蕩其居處。比喻徹底摧毀敵方。

沙田晦思園與葦庵竹摩墨禪諸友夜話

濯足清流澗壑深，林巒如此已難尋。看山擇日寧成癖，避地哀時久廢吟。
岩上活泉無歇意，天邊明月有高心。夜來主客忘人我，坐向空庭論古今。

宿沙田晦思園

沙田小住晦思園，心境蕭閒未可言。風雅主人無俗客，幽清山水似桃源。
打包行腳知難住，卜築誅茅豈易論？泉石平生緣不淺，芒鞋到處印苔痕。

誅茅：剪茅為屋。杜甫有詩曰：「誅茅卜居總為此，五月髣髴聞寒蟬。」

潘文治居士以詩見懷依韻答之

飛錫幾番住寶蓮，狂吟豈合入詞箋。維摩老去心猶昨，元稹情深詩寄先。
聚散只今如夢影，交遊多半隔雲天。故人相念難相見，孤負盈盈在目前。

元稹：公元七七九～八三一年，唐河南人。為白居易好友，共同提倡新樂府，兩人齊名，世稱「元白」；詩稱「元白體」。所作傳奇《會真記》，記張生與崔鶯鶯事，為後來《西廂記》所本。

送陳叔良君之廣州集訓

百戰河山盡破城，而今殺敵到書生。十年教訓終興國，萬眾同心信可盟。

半夜聞雞思學劍，中原遇寇恥言兵。冰天躍馬男兒事，應有佳篇紀此行。

寶山寺賀覺斌法師進院❶

偶閒重過寶山寺，喜值幽香法界薰。出谷聖泉終入海，參天喬木欲生雲。
林梢掩映濃蔭滿，鐘梵交鳴向午聞。如此因緣非易得，未應歸去趁斜曛。

送舊友薛澄清之錫江

總角論交二十霜，擔簦跨馬未相忘。人生離別尋常事，卻在他鄉轉可傷。

總角：古代男女未成年前束髮為兩結，形狀如角，故稱總角。借指童時。

❶ 寶山寺即景前韻　義俊

寶地同登遊淨土，香林無際入禪薰。高岩磊磊抱幽石，古洞悠悠鎖白雲。
樹綠凝蔭除熱惱，泉流入聖悟聲聞。更觀落日如懸鼓，回首陽台已夕曛。

懷萬泉君西安集唐人句

去年花裡逢君別（韋應物），芳草萋萋鸚鵡洲（崔　灝）。
海內風塵諸弟隔（杜　甫），長安不見使人愁（李　白）。

南太武山紀遊十二首　並序

南太武山與鷺江隔，一衣帶水，以交通不便，登臨者稀遂，使勝處不傳，余久欲遊未果。今歲四月二十八日，邀集諸同學奮勇前行，一路水聲山色，有匡廬之概，同遊者四十四人，各有題詠而返。余去秋行腳江南數月，紀遊之作不多，今得十二絕句，亦可謂稀有之因緣矣。

海上青峰曉日開，幾年欲訪今初來。凌波一艇漁村畔，發興須臾入九陔。

九陔：同「九垓」，天空極高極遠處。

千戶漁家屋一斑，如斯人境亦幽閒。眼中山色藍於海，水底看山無此山。

卓岐村口擊扁舟，天際流雲擁塔浮。初夏好風吹不倦，一行人語上峰頭。

卓岐：卓，遙遠；岐，岔道岐路，通「崎」。

流泉成練出青岑，入耳如聽萬壑琴。無數煙村鄰海住，一衣帶水辨漳音。

青岑：指有茂密樹林的小高山。

孤雲相逐漫登臨，積雨新晴白晝陰。莫怪老僧閒不得，在山泉有出山心。

空山古寺久無名，不見額屏楣上橫。欲擬改為雲海寺，白雲海水應同情。

摩崖題句滿山渠，想見前人興有餘。最覺深長佳意在，一行梵字作丹書。

人間草木本多奇，太武山中更易滋。向午山翁售藥至，自云名產是香萸。

香萸：草木始生的芽，通稱為萸。

千載浮屠雲漢端，天風相撼未能彈。試從腳下分人海，鷺島群山俯首看。

山接青霄畫更濃，初晴始見白雲峰。遙看島嶼天連海，遠隔滄波萬萬重。

仙人足跡半天然，奇絕龍潭峭壁懸。更有丹梯千萬丈，下臨無地瀉飛泉。

落日歸途小徑幽，迷茫野草沒人頭。急風始見人行處，時有微泉腳底流。

遊寶華山作於京滬車中二首

木落寶華山下秋，漫攜塵錫作雲遊。霜寒千里月明夜，又過江南三四州。

夜深人語漸稀微，時有寒燈掠眼飛。大野昏黃村落靜，月光如電照車扉。

除夕書懷和義俊法師原韻❶

隨緣天地總吾廬，掛搭南荒且卜居。如許年華空過去，幾多煩惱尚難除。
懷人今夕情無限，試筆明朝歲復初。文字障深知礙道，何須盡讀五車書！

❶ 歲暮感懷　　義俊

何處僧園不故廬，此身隨遇得安居。年因白日閒過去，歲為青陽通始除。
爆竹頻聞知臘盡，桃符漸換近春初。山中甲子渾忘卻，好藉三餘讀我書。

後記

關於《煙水庵詩稿續集》

父親住世的最後幾年，應台灣法鼓山聖嚴法師的倡議和支持，我們蒐集整理了散載於許多雜誌、報刊上他所撰文稿，以便提供給法鼓文化編輯出版《林子青居士文集》（已於二〇〇〇年父親九十歲時出版，共三冊）。在蒐集整理中發現了一本已經很舊的《煙水庵詩稿》，那是民國二十五年五月一日出版的，為當時的《佛教公論》社叢書之一。

當時我們沒想到也要將這些詩稿編入《文集》，也就沒有提供給法鼓文化，而父親本人總是一切隨緣，淡然處之的。但在讀了《詩稿》之後，我們覺得讓這麼動人而又能體現詩人所處時代的充滿激情的詩篇沉睡在故紙堆裡未免可惜，於是便組織依原樣對該詩稿進行複製，旨在分發給父親的一些老朋友及古典詩詞愛好者。由於是非正式書刊，無須申請批准書號，很快就付梓印就成冊，但因時間倡促，又限於水平和缺乏經驗，編印中錯字不少，還有遺漏的。然而，父親見到《詩稿》複印如新，還是十分高興的。直到這時，他才向我們提到，早年還曾印過一本《慧雲煙水集》，還有《煙水庵詩稿續集》。可是我們在家中翻箱倒櫃亦終未獲，以為再也無法找到其《續集》中所作古詩的痕跡了。

對父親年輕時的生活我知之甚少，他幾十年來的藏書、讀書筆記、工作日記、手稿、書信等，我偶然翻閱，卻從未用心去認真學習。直到父親往生後，為了要向河北省柏林禪寺捐贈父親的藏書，我們徹底清理了他的書刊、筆記、日記、手稿、書信等，希望能在清理中出現奇蹟，然而仍以失望而告終。

去夏，我在北京家中再次仔細翻閱父親的舊筆記本，把一批內容比較豐富的筆記和日記運回到了常州家中；又經一番查閱，終於找到了該《續集》的手稿。根據這份手稿，又找出了民國二十五年至二十六年出版的各期《佛教公論》雜誌中由「慧雲」主編的「華嚴詩社詩選」，其中有一些他的古詩，大部分正是他已收錄在《續集》中的。由於在常州逗留的時間十分短暫，我只得把這些珍貴的資料帶到澳洲來整理。

如今我已將它們一一抄寫出來，並加了必要的註解，決定連同原來那本《煙水庵詩稿》一起提供給台灣法鼓文化以及父親家鄉漳州市的有關部門。正如父親在《詩稿》的〈自序〉中所說：「我的詩本不敢隨便問世，但自信在我的生命史的前半期，倘若要看一點影像的話，卻不能不到這些詩上去尋了。我的目的：只是要讓愛我的師友，在我的詩上，可以看到我的生命活動的微波而已。」一如果《續集》能與前面那本《煙水庵詩稿》合併編印出版，那麼，我們對於這位愛國、愛教、愛家鄉的年輕詩僧慧雲法師的「生命史的前半期」就會有較深刻的瞭解了。

在此，我衷心感謝聖嚴法師和台灣法鼓文化的菩薩們為父親遺稿遺詩的編輯出版而不遺餘力、不厭其煩；也衷心感謝父親家鄉漳州市佛教協會及有關單位和父老鄉親們對他的愛戴和崇敬。這一切都會使他在天之靈得到莫大的慰藉，因為仍有這麼多的師友在愛著他和他的詩呢！

二〇〇五年一月二十四日林志明識於悉尼煙雨閣

詩稿拾遺

首都建築竹枝詞六首（一九六〇年）

人民大會堂

巨廈巍峨聳碧蒼，遙看戶牖似蜂房。造型美術真雄絕，不愧人民大會堂。

革命歷史博物館

天安門外廣場濱，一片高樓氣象新。革命功成遺物在，長留歷史示人民。

北京火車站

驛樓雄麗挹都門，日夜車聲送客喧。爭說北京新站美，使人歡樂又消魂。

工人體育場

朝陽門外好風光，首數工人體育場。八萬人看全運會，健兒意氣更加強。

民族文化宮

百尺高樓民族館，弟兄文化競輝煌。十年領導功歸黨，團結而今不可當。

農業展覽館

祖國於今百廢興，人民公社更驚人。農林牧副漁齊舉，展覽館中看最真。

寄河原崎長十郎先生（一九七三年）

憶君十年前，絕藝演盲聖。傾倒兩邦人，至情與至性。
訪我於京都，傾談舊橫迸。誼如連枝親，義比同胞勝。
今年宿願償，風月同天慶。聞君憩嶺南，待君更北進。
祝君壽康寧，師子常奮迅。

盲聖：指一九六三年，河原崎長十郎先生主演「天平之甍」主角鑑真和尚，劇本由依田義賢先生據井上靖先生的小說《天平之甍》改編而成。時君在嶺南廣州，因病休養。

陳昊蘇自廣州託友人空航之便攜贈含笑花一束（一九七三年三月）

多病翻多病閒歡，小庭扶杖意悠然。偏饒萬水千山趣，一片飛雲仰首看。

時空非一又非差，知也無涯亦有涯。昨日初消簷上雪，今朝喜見嶺南花。

謝西川景文長老贈手杖（一九七三年七月）

翁年八十不持杖，愧我行行多依傍。海雲飛下一仗藤，厚意深情哪可量？

何以報翁無瓊瑤，爭取康強練腳腰。與翁隔岸相來往，擲向長空化大橋。

代內答牧人同志贈畫梅

朔方俊彥擅丹青，愛寫梅花贈遠人。絕似江南逢驛使，一枝初見意先親。

此詩為代妻周梅生作，以向贈畫梅之友人致謝。妻原名周芸芳，生前最愛梅花之品格，尤愛梅詩「不是一番寒徹骨，怎得梅花撲鼻香」，後改名為梅生。

奉和鄔式唐先生〈八十自壽〉原韻❶

甬上多耆宿，聞名未易逢。眉梨心尚壯，矍鑠耳微聾。
佳日思觴詠，良朋喜過從。嚶鳴求友意，當代一詩翁。

眉梨：老也，《方言》：「眉、梨、耋、鮐，老也。東齊曰眉，燕代之北鄙曰梨。」

未識荊州面，已聞健似松。胸懷常曠達，視聽自明聰。
蘭桂當階秀，詩心晚歲紅。兒孫知愛國，投筆效精忠。

❶〈八十自壽〉五律二首　　鄔式唐

年來身尚健，耄耋盛時逢。穩步何須杖，重聽豈是聾。
遊山能踐約，招飲喜相從。學習馬恩義，敢忘老朽翁。

歲月等閒過，立身似勁松。精神猶矍鑠，耳目尚明聰。
鬢髮花兼白，心胸老更紅。兒孫齊奮發，為國效其忠。

讀老友張慕槎〈雁蕩吟〉奉題三十二韻　有序❶

（一九七六年三月於北京）

慕槎老友去歲遊雁蕩歸，賦詩百餘韻紀行，寫盡溪山之美，吟誦一過，想見千岩競秀，萬壑爭流之概，令人不禁神往，為賦之三十二韻題後。

久聞雁蕩山，盤迴數百里。讀君雁蕩吟，溪山信奇美。
靈岩碧崔嵬，靈峰天外倚。壯哉大龍湫，石梁難比擬！
巍然天柱峰，獨立東南峙。奇哉萬峰巔，更有一湖水。
春深蘆荻蕃，歸雁多戾止。翠巘競雄姿，天下無逾此。
惜哉謝客兒，遊蹤未到彼。我昔好登臨，雁蕩名久耳。
行腳入天台，遙望徒翹企。慕槎愛清遊，不論遐與邇。
妙筆寫名山，佳句如錦綺。平生愛友朋，更念遠遊子。
祖國日富強，已雪百年恥。泉石今依然，風光非昔比。
殷勤念故人，更望還桑梓。願早賦歸來，共坐春風裡。
左思賦三都，曾貴洛陽紙。少陵寫壯遊，古今堪屈指。

美哉雁蕩吟，力足摩其壘。不僅寫山容，並敘其源委。
雁蕩與龍湫，從今有詩史。海上初逢君，一見成知己。
別來如參商，於今忽四紀！侵尋入暮年，光陰真如矢！
羡君腰腳健，處處留屐齒。我雖居京華，愛山情未已。
常慕宗少文，臥遊良有以。重讀雁蕩吟，不覺躍然起。
久不事吟哦，見獵而心喜。何日遊東甌，得隨君杖履！

❶雁蕩吟（一九七五年春）

張慕槎

雁蕩天下勝，屹立在浙南。奇峰百另二，飛瀑十有三。
四十六洞壑，一十七澄潭。七嶺八谷蘊，六坑四泉含。
二十六怪石，六十一巉岩。十四嶂屼屼，十三溪潺潺。
四水二湖碧，八橋七門環。貫休首題詠，霞客兩躋攀。
東南際大海，西北袒括蒼。會稽通呼吸，四明共騰驤。
周圍一百八，六百里平方。常云作燈塔，航海遙相望。
海拔千餘尺，百崗尖昂昂。二靈一龍最，風物放眼量。

前賢多記述，讀之引興長。渴慕五十載，夙願今乃償。
首先趨靈峰，峰形合掌同。亦如賓如友，長伴雁山中。
遙憐遠遊客，漂泊類孤篷。何日賦歸與，共此坐春風。
又似鷹展翅，翱翔凌碧穹。藐視帝修反，氣象何其雄！
暮色蒼茫裡，彌覺造化工！風光無限好，靈秀之所鍾。
旋入靈峰洞，自卑而上登。依崖架石屋，重疊凡九層。
摩天大樓似，九霄穩步升。珠簾水霞翥，漱玉泉雲蒸。
一線天俯瞰，彷彿玉壺冰。超雲峰失超，騰波岩不騰。
雙筍峰屐底，侍郎岩稱臣。下風甘羅拜，靈峰妙入神。
左有北斗洞，右有南碧霄。北斗洞軒爽，礦泉賽虎跑。
碧霄南北峙，五老手相招。更上古竹洞，東下界金橋。
如金雞報曉，如犀牛望月。如少女梳妝，如青年攻讀。
無數眾生相，移步換景物。靈峰看不足，匆匆過三宿。
往往中宵起，夜遊不秉燭。神話亦連篇，齊諧志堪讀。
其次遊靈岩，靈岩更不凡。屏靄障屏蔽，安禪谷安閒。
天柱峰高聳，天墮拄其間。展旗峰招展，如畫飄翠翾。
南天門面敞，白雲崗巉巉。白雲親舍在，遊子何時還？
龍鼻水滴瀝，雙親淚不乾。仰視雙飛燕，轉覺雁行單。

獨秀峰挺拔，英俊孰與儔？雙鸞峰對舞，情意何相投。
有峰曰卓筆，家書宜頻修。有峰曰重樓，極目望神州。
卷圖峰一軸，玉女峰嬌羞。又有小龍湫，匹練掛山陬。
大龍湫未覩，先此豁雙眸。癡絕僧抱石，千載共悠悠！
無窗洞透漏，縋險可旁求。溫泉如開發，雁山添新猷。
明庭負雅號，勝景誇東甌。靈峰誠奇絕，靈岩萬象幽。
靈岩靈峰間，美景不容刪。奇麗三折瀑，裝點此關山。
微妙之所在，內在向外觀。不同其他瀑，外立仰面看。
郭老題佳句，珠簾掩翠樓。上折瀑更美，郭老惜未遊。
絲竹髮嚮導，似與耳相謀。彩練當空舞，亦疑劍光浮。
又有淨名寺，深藏介二靈。別一小天地，可圃亦可耕。
水簾谷瀟灑，梅花樁芬馨。鐵城障堅固，散花龕鮮新。
吉星橋上望，老猴披衣回。料有千鈞棒，澄清萬里埃。
另一峰俯伏，哀猴哭靈來。煌煌烈士墓，憑弔此徘徊。
二仙在談詩，古薄而今厚。興會更無前，還有聽詩叟。
凡此諸勝景，瞻前忽在後。雖走馬看花，此樂亦罕有！
行行趨馬鞍，沿途足盤桓。危岫列參差，流霞穿重巒。
鐵板障方廣，仙人榜彈冠。五指峰駢立，觀音岩連攢。

據鞍四顧盼，春色入毫端。東谷又西谷，漫遊隨所安。
大龍湫此去，不愁行路難。同遊相追逐，共喜未老殘。
大龍湫近處，奇峰入化機。春風催刀尺，剪霞作裳衣。
慈母密密縫，遊子遲遲歸。一帆飛去也，飛去寧相違！
忽作擎天柱，祖國奮神威。閻王鼻怪誕，連雲闕幽微。
迴環如玉玦，龍壑似依稀。大龍湫在望，處處感迷離！
碧天雲漠漠，晴日雨濛濛。是晴還是雨，醉眼看朦朧。
才見噴作霧，瞬息又成虹。霧氣籠峭壁，虹影耀崆峒。
風來更飄忽，西斜倏轉東。有時斷還續，游絲無定蹤。
蹁躚而披拂，搖曳而疏慵。真是觀不足，何幸此地逢。
導者為我語，雨後瀑駭怖。震盪風雷激，翻騰雲水怒。
天台無此雄，匡廬難獨步。雪竇失其勢，石門何足數？
五洩天下奇，袁中郎盛譽。今觀大龍湫，甲乙費考慮。
欲寫難下筆，愧無驚人句。戀戀不忍去，一步一回顧！
總觀雁山景，片片玉芙蓉。無石不卓立，有水皆飛空。
疑入芙蓉園，朝暉映紅叢。桃源非世外，家園爛熳紅。
造林已鬱鬱，藝茶又葱葱。水力早發電，大有利工農。
舊時卑賤者，今作主人翁。書聲雜歡笑，人壽更年豐。

我生喜遊歷，大江遍南北。好山與好水，唯此最奇特。
黃山秀豈獨，西湖嬌無力。桂林甲天下，毋乃亦見絀。
大哉雁蕩山，壯麗而神巧。風景此獨好，河山況再造。
行年方七十，頑健猶未老！暢遊盼重往，遺逸待蒐討。
惜哉謝康樂，攬勝太草草。僅次斤竹洞，未及登堂奧。
所冀天涯客，莫忘雁蕩好。愛國一家春，不分遲與早。
結伴早還鄉，人民共懷抱。同登百崗尖，一覽溫台小。
同上北京城，紅日欣杲杲。望斷南飛雁，晚節期共葆。

周恩來總理輓詩四首（一九七六年四月於北京）

周恩來總理畢生致力革命，輔佐毛澤東主席，完成建國大業。德高望重，中外所欽；公忠謀國，遺愛在人。憂勤致疾，不幸逝世。訃音初播，四海同悲，萬民哀慟，如失怙恃。謹賦四律，以寫哀思。

曠代英豪世所推，一身天下繫安危。公忠不忝為元輔，才略真堪佐導師。
裴度立朝多雅望，蕭何經國善施為。古今良相誰能及，薤露哀歌四海悲。

裴度：唐代名相，屢秉國政，威震四夷，身繫天下重輕者垂三十年。

蕭何：漢代開國名相，早從高祖起兵，討平項羽。高祖即位，論功第一。漢之典制律令，多蕭何手定。

薤露：古代輓歌。

少年反帝氣崢嶸，稍露聲華眾已驚。革命畢生隨領袖，折衝並世仰才名。
一從遵義推元首，更向延安作遠征。建國初成公逝去，萬邦震悼失人英。

去國英年入北歐，勤工儉學志初酬。已援馬列光華夏，更結亞非抗帝修。
骨灑中原恩澤在，名垂青史典型留。甘棠自昔存遺愛，百世難忘總理周。

甘棠：《詩經．召南》篇名。寫周召公（文王庶子）巡行南國，治政勸農，止舍於甘棠之下，既去，民思其德，故愛其樹而作此詩，以歌詠之。《千字文》：「存以甘棠，去而益詠」，即出典於此。

南昌一役振軍威，喜見神州樹赤旗。馬上指揮兼將相，黨中清望動華夷。
愧無椽筆堪書誄，難寫葵誠盡入詩。贏得萬民齊愛戴，感人終古是無私！

誄：累列死者生前德行而為讚詞，後成為哀祭文之一種。

香山碧雲寺下訪鍾老山居（一九七六年五月二日）

高人卜築隔塵喧，盡日幽居絕語言。屋後林巒碧雲寺，門前煙樹靜宜園。
詩書垂老猶耽讀，哀樂中年豈易論。宴坐山齋忘歲月，偶逢親友話寒溫！

鍾老：名鍾仁正，廣東人，早年留學英國。一九五三年應聘至中國人民解放軍外國語學院英語系任教授，直至退休。他終身獨居，喜好中國古代文化、西洋古典音樂，退休後，與作者全家過從甚密。一九八〇年九月逝世。

贈幽花室主（一九七六年六月三十日）

余初識梅盦於鷺門，今數十年矣。曩在滬濱時常過從，分袂以來廿載於茲，別後書函往復殷勤，深致思念。今夏內子嬰疾滬上，余自京南來侍疾，一時未能北歸，梅盦薦醫施藥，情誼彌深。君近年患小腦動脈硬化，不良於行，所居高樓曲折幽邃，自顏其室曰幽花丈室，讀書宴坐，深享友朋盍簪之樂，余至滬即往訪之，握手道故，談笑移時，為平生歡，歸後偶成一律奉贈，聊述數語，以誌結契因緣。

鷺門往事已如煙，不到申江忽廿年。遠道縈懷書宛轉，高樓握手語纏綿。
南來侍疾成羈旅，久別逢君似宿緣。垂老故人今幸健，幽花室裡足流連！

梅盦：即亦幻法師。

盍簪：指老朋友相聚。

重到上海書懷（一九七六年夏）

舊遊如夢亦如煙，闊別親朋已廿年。夾道桐蔭宜夏日，滿街人語異幽燕。
市場繁盛猶如昨，民氣崢嶸自勝前。人世滄桑原正道，每逢故友話纏綿。

唐山地震書懷二十四韻（一九七六年八月三日於上海）

小女江濤任職唐山開灤煤研所。震後函電不通，生死莫明，至為念慮。八月三日忽接短札，知一家四口均已脫險，不禁悲歡交集。

七月廿八日，時間近五更。唐山大地震，波及於津京。
震級七點五，中外為震驚，破壞極嚴重，全民夢寐縈。
中央早關切，慰問發先聲。各方醫療隊，頃刻立組成。
醫傷需藥物，全國共輸誠，浩浩汽車隊，陣陣工農兵。
同奔赴震地，救災如遠征。紀律既嚴肅，民氣復崢嶸。
秩序毫不亂，眾志自成城。外賓咸讚歎，為我遠揚名。
唐山吾有女，情況忽不明。函電無由達，慈母時淚傾。
親朋俱焦急，慰問見真情。忽然來短札，四口俱慶生。
老妻聞此訊，歡然淚眼盈。勝天賴人定，消息漸澄清。
餘震雖未息，烈度已減輕。家園正重建，城市再經營。
總理親領導，立作慰問行。傳達黨指示，努力事前程。
天變安足畏，勝利在鬥爭。救災還抗震，早日復繁榮。

一九七六年七月二十八日凌晨三時許，河北唐山發生理氏八點三級地震，頓時房倒屋塌，頃刻之間亡者達二十四萬餘，傷者為三十六萬多。當時正值「四人幫」當權，極左思潮猖獗，為了避免讓外國媒體介入，並拒絕接受國際援助，當時對外公布為「七點八級」。

西湖留別張慕槎夫婦　有序（一九七六年閏八月）

余與老友張慕槎別數十年，未緣會合，相思彌苦。今夏以老妻臥病春申，南來侍疾，因往訪於西湖。握手道故，豐神如昔，而暮年詩文益美。前後寫有〈五洩吟〉、〈雁蕩吟〉長篇各百韻，清新俊逸，為時傳誦。又時撰小文介紹杭州風物，其他雜著，未遑枚舉。此次赴杭，慕槎下榻相待，夫婦殷勤導遊，三宿而別，因成此詩，以誌勝緣。

天涯別後各參商，回首分襟事渺茫。少日豐神猶髣髴，暮年文采益輝煌。
久勞夢寐思相訪，遍看湖山意未遑。垂老故人情更摯，此來三宿豈能忘！

滬上重晤靜安老友喜贈（一九七六年初秋於上海）

余與靜安論交於漢皋，一見如故，時際艱虞，未能久聚，爾來四十年矣。回首前塵，已成陳跡。滬濱別後，音聞遂疏。今夏內子梅生來滬探親，忽患腦溢血，臥病彌月，幾瀕於危，靜安宗蘭夫婦及子女輩，時相過存，情如手足，余亦以是南來侍疾。久別重逢，彌覺親切，感君厚意，言豈能盡，因賦一律奉贈，聊述余懷，即請靜安兄宗蘭嫂吟正。

漢皋相見即相親，回首當年跡已陳。人歷風霜懷舊侶，身經憂患惜餘春。平生應世才華盡，廿載分襟夢寐頻。何意今朝黃歇浦，與君重對話前塵！

靜安老友：即黃靜安先生，其夫人為姜宗蘭女士。

漢皋：今漢口。作者於一九三七年「八一三」後在上海參加「僧侶救國團」，先在淞滬一帶參加救護傷員工作，後撤至武漢而被解散。此時，在漢口邂逅了黃靜安先生。

毛主席輓詩七律二首（一九七六年九月於上海）

哀樂初聞舉世悲，巨星殞落哲人萎。百年建國憑籌策，萬里長征見賦詩。寶塔山前鳴鼓角，天安門前耀旌旗。雄文四卷遺言在，贏得千秋仰導師！

十載延安奠始基，一成一旅起邊陲。片言天下同師法，萬卷胸中具設施。

遺教只應宗馬列，英明早已重華夷。何須竹帛書功業，八億人民口盡碑。

一成一旅：方十里為「成」，五百人為「旅」。謂地狹人少，勞力散弱。夏少康有田一成，有眾一旅，遂滅過戈，復禹之績。見《左傳·哀公元年》：「有田一成，有眾一旅。」

贈陳百平醫師　有序（一九七六年十月）

丙辰（一九七六）仲夏，內子自京來滬探親，忽罹中風。經搶救後幸獲脫險。邇來急需針灸服湯藥繼續醫療。經老友亦幻上人之介，蒙前四明醫院吳涵秋院長高足陳百平醫師送醫上門，歷時半載，漸臻康復。吳門醫道，素主中西醫結合，雖遭反對，置之不顧。涵老之學，出於甬江范文虎之門，百平醫師又出涵老之門，淵源有自，皆以活人為急，可夙斯世。頃將北歸，客中無以致意，幻上人囑以詩贈之。聊賦五絕，以表謝忱。

吳門醫道有傳人，一見臨床態可親。正是寒荊中風後，幾勞妙手為回春。

讚臨床態度及治療效果。

昔時董奉號醫仙，治病從來不取錢。但種杏花三五樹，至今佳話有人傳。

舉古時「董仙杏林」故事，比擬吳門醫風。

中西醫術有偏長，結合於今盛主張。切脈同時量血壓，人言此是萬金方。

讚吳門推廣中西醫結合主張之功績。

腦中出血病非常，賴有補陽還五湯。多謝甬江范文虎，獨傳一劑此奇方。

寫治中風的各方補陽還五湯，為范文虎所獨傳，而吳門師徒繼之推廣。

長年濟世吳涵老，入室傳薪陳百平。何限今朝好風尚，送醫端合頌新生。

寫吳陳師徒關係，並誇送醫上門為新生事物，應加歌頌。

王老揆生賦西江月見贈詩以答之（一九七六年秋末）

王老揆生篤生京口，遊學燕京，治比較宗教學，於宗門頗有因緣，丙辰（一九七六）夏內子病困滬上，余自京南來侍疾，邂逅於蘇慧純居士家，談論移時，有如故交，承賦西江月二闋見贈，情見乎詞，因成五絕奉答。

垂老相逢寧恨遲，談禪之外更談詩。殷勤贈我西江月，往事聯翩盡入詞。

羨君蹤跡遍神州，更向扶桑作遠遊。東國高人早相識，大西鈴木各千秋。

日本京都清水寺大西良慶長老，今年（一九七六）已百有二齡，為日本法相宗名宿；鈴木大拙博士為日本著名學者，精英語，特深於禪，著作等身，王老早年東遊時均與之相識。

聞道天童公舊過，名山風月近如何？冷香塔外梅千樹，應護詩僧窣堵坡！

天童冷香塔為愛梅詩僧八指頭陀埋骨之地，四周廣植梅花。清道人李瑞清書頭陀詩句為聯云：「傳心一明月，埋骨萬梅花。」王老猶能憶之。

窣堵波：塔，梵語。

古寺天童隱翠微，長松謖謖護岩扉。因公重憶曾遊處：「六月寒生溪上衣」！

天童道中山亭舊有八指頭陀書聯云：「百松密發雲中寺，六月寒生溪上衣。」余與王老憶及皆欣賞不置。

矍鑠文翁七尺身，早年煙水往來頻。客中邂逅緣非易，聊贈新詩結勝因。

秋深（一九七六年秋末）

內子病臥春申，忽將半載，秋風蕭瑟，時動歸思。京滬杭甬亦幻、慕槎諸老友均勸少留，徐圖平復，關懷甚至。詩以答之。

秋深海上客衣單，留既無心去亦難。旅次幽憂居不易，荊妻嬰疾幸加餐。
未歸北國先勞夢，欲住西風已戒寒。珍重故人垂念意，來書總為問平安。

旅次：杜甫詩：「旅次兼百憂。」旅客所居之處；韓復古詩：「旅食思鄉

112-44

台北市北投區公館路186號5樓

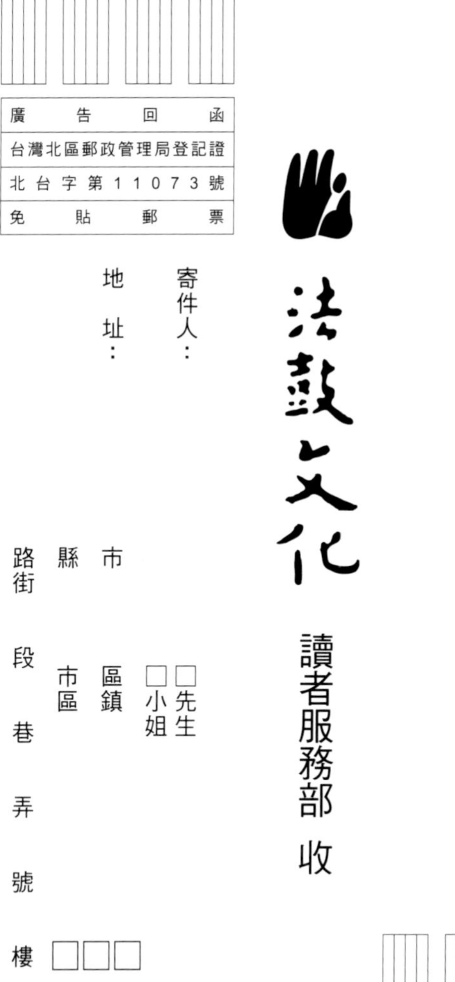

讀者服務卡

感恩您對法鼓文化產品的支持。為了提供更好的服務，請您回覆以下的問題並直接寄回法鼓文化。我們非常重視您的想法，因為您的建議將是我們進步的原動力！

＊是否為法鼓文化的心田會員？ □是 □否

＊□未曾 □曾經 填過法鼓文化讀者服務卡

＊是否定期收到《法鼓雜誌》？ □是 □否，但願意索閱 □暫不需要

＊生日：________ 年________ 月________ 日

＊電話：(家) __________________ (公) __________________

＊手機：____________________

＊E-mail：__________________________

＊學歷：□國中以下□高中 □專科 □大學 □研究所以上

＊服務單位：__________________________

＊職業別：□軍公教 □服務 □金融 □製造 □資訊 □傳播

□自由業 □漁牧 □學生 □家管 □其它 ________________

＊宗教信仰：□佛教 □天主教 □基督教 □民間信仰 □無 □其它______

＊我購買的書籍名稱是：______________________________________

＊我購買的地點：□書店_____ 縣/市_____ 書店 □網路_____ □其它_____

＊我獲得資訊是從： □人生雜誌 □法鼓雜誌 □書店 □親友 □其它_____

＊我購買這本(套)書是因為：□內容 □作者 □書名 □封面設計□版面編排

□印刷優美 □價格合理 □親友介紹

□免費贈送 □其它____________________

＊我想提供建議：____

□我願意收到相關的產品資訊及優惠專案 (若無勾選，視為願意)

法鼓文化 TEL:02-2893-1600 FAX：02-2896-0731

味。」客處也。

嬰疾：嬰，繞也；嬰疾，為疾病所羈絆也。

丙辰秋訪老友黃襶華於西湖畔賦詩見寄次韻奉答❶

（一九七六年十一月九日於上海）

別來二十年，歲月去如駛。憶昔居申江，晨夕常相視。

君今寄我詩，深情誰得似。我來訪故人，兼戀湖山美。

---

❶ 老友子青迂道來訪賦此以謝（一九七六年十一月二日於杭州） 黃襶華

聚首記燕雲，廿載疾如駛。感君不我遺，迂道來相視。

隆情見乎詞，語語瓊瑤似。迺知香火緣，遠勝金石美。

君猶力未愆，我則老早至。相去日悠遠，嘉興難再致。

湛湛聖湖水，兀兀孤山峙。唯願一瓣香，冉冉通彼此。

晤面雖須臾，豈孤千里至。示疾老維摩，雅人有深致。
宴坐只觀空，淵澄而岳峙。羨君大耋年，矍鑠乃如此。

奉懷張紫峰老友並謝慰問內子病況（一九七六年）

余與紫峰交垂逾四十年，未嘗以詩奉贈。頃以內子臥病海上，南來侍疾，辱承詩函慰問，關懷備至。偶成一律奉寄。

早年海上挹清芬，器度風標自出群。契闊死生君憶我，蹉跎身世我思君。
老妻急病求醫切，故友多情問疾勤。欲寄數行申謝意，可憐心緒正紛紜！

張紫峰即張慕槎也。

老友慕槎用毛主席和柳亞子先生韻見贈一律次韻卻寄❶（一九七六年）

閩海相逢豈易忘，別來塵世幾蒼黃！頻勞書問懷吟侶，又見詩筒送和章。

寥落衰年何所濟，纏綿別緒可堪量！他時若有因緣在，定伴觀潮到浙江。

王伯敏教授畫梅見贈謹寫二絕奉謝

已從朋輩仰高名，贈我紅梅意不輕。尺幅一枝春色滿，頓教斗室暗香生。

畫梅名手屬君家，王冕幽居在若耶。今日梅花新屋主，金牛湖畔寫煙霞。

王冕：明諸暨人，字元章，善畫梅，自號梅花屋主，又號煮石山人。其故居在浙江諸暨九里山。

若耶：浙江紹興縣東南一山名，亦為當地一溪名。

❶ 用毛主席和柳亞子先生韻答林子青老友

張慕槎

同舟閩海豈能忘，得句錢塘髮正黃。四十八年懷舊友，百千萬遍讀華章。

斯文骨肉彌關切，素月襟期未可量。病起遊蹤倘相許，五湖泛後又三江。

寧波李友聰醫師惠寄良藥詩以謝之

相見無緣久慕名，聞君家世有詩聲。交遊朋輩欽才思，治病華陀疑再生。
不為良相為良醫，愛友愛才更愛詩。多謝殷勤寄方藥，此情欲報竟何時？

讀張慕槎老友舊作〈滬上遊草〉奉題三絕

消我客中殘暑夜，讀君廿載往年詩。欲尋往日曾遊處，可有閒情似舊時？
滬濱勝跡徑行遍，新闢園林亦屢遊。最愛夕陽黃歇浦，晚潮初上看歸舟。

黃歇浦：指上海黃浦江。

如君妙筆孰堪儔，描寫新村事事幽。海上風光今更好，可能攜手再同遊？

儔：伴侶；同輩的人。

冬夜無俚心情落寞無以遣懷喜觀如兄寄示近作〈讀懷安詩選〉因次其韻卻寄（一九七六年舊臘）

古寺深居靜不譁，寒齋臘盡已無花。偶因停電時燃燭，更為遲眠怕飲茶。
愧我吟懷猶鬱結，喜君詩格自成家。周妻病後增煩累，可有閒情玩物華！

無俚：指百無聊賴也。
觀如兄：指高觀如先生，佛學專家。
古寺：時作者的家居住在北京法源寺後殿一側院內。
周妻：指作者之妻周梅生女士。

悼亡室三十絕　有序（一九七七年四月於北京）❶❷❸

亡室周氏隨余來京，瞬逾廿載，懷念親朋，時縈夢寐。去夏赴申，始償宿願。臨歸之際，忽罹中風，左肢癱瘓，入院搶救，幸慶脫險，病中照料，端賴親朋，出院後纏綿病榻，歷時半載。仲冬之月，病勢稍瘥，因離滬回京，繼續療養，經冬歷春，病況日有起色（已能隨意扶行，飲食起居雖需人照料，而精神記憶，皆極正常）。方冀康復有期，以慰親友，不意三月二十四日晚，再度中風，搶救不及，溘然長逝。彌留之際，微聞嗚咽之聲，使余肝膽為裂。

回憶春申邂逅，情意相投，締婚以還，卅載於茲。所歷艱虞，未能具述，追維往昔，哀樂殘多。悲從中來，情不自禁。謹賦絕句三十首，語多悲戚，詩愧未工，聊攄胸臆，以寄哀思，嗟我親朋，幸察其哀。

一

春申江上識雲英，無意相逢卻有情。敢信前生緣分在，同心終訂白頭盟。

唐代裴鉶《傳奇》敘唐長慶間秀才裴航下第，途經藍橋驛，渴甚，有女雲英以水漿飲之，甘如玉液。雲英絕美，航欲娶以為婦，因遍訪得玉杵臼為聘。既婚，夫婦相偕入山仙去（《太平廣記》五十）。此處余將亡室周梅生比作雲英。梅生當時年約二十五、六，長得俊俏典雅，好學，尤喜讀古詩詞，與其偶於上海友人處邂逅。

❶ 讀林子青先生悼亡詩（一九七七年四月）

四明芥藏樓主北野柳璋

不櫛風華唱和頻，清才疑是管夫人。珠聯璧合終成幻，玦碎釵分恐屬真。
鸞鏡春昏花有淚，鯤絃秋斷玉生塵。劇憐京國廿年夢，慟賦悼亡到海濱。

❷ 寄林子老（一九七七年五月）

王伯敏

遊雲薤母西山去，得藥姮娥亦上天。人世從來長似此，勸君醉酒米家船。

薤母：名張媛，洪谷人，得崑崙靈芝草，服後身輕如燕，常遊綠雲赤霞間，壽五百歲，一日坐西山無疾終。

❸ 輓梅嫂並慰林兄（一九七七年九月十二日於西湖）

張慕槎

噩耗驚傳淚已垂，哪堪重讀悼亡詩。寫來字字皆心血，料得芳魂定有知。
文字因緣互友師，鴛鴦卅六共安危。新華正愛晚晴好，太息斯人與世遺。
絕世聰明冰雪姿，早從倩影仰芳儀。去年九月初三日，儷照雙雙繫我思。
維摩示疾客春申，悔未趨前一識荊。惆悵匆匆還北國，西湖有石證三生。
我是山陰道上人，蘭亭墨妙得時親。抒情才子傳神筆，兩展雲箋信可珍。
人天倘有返魂梅，白髮林郎且節哀。疏影橫斜香暗動，亭亭疑是玉人來。
楊柳輕颺上九宵，嫦娥起舞迓仙軺。傾盆淚雨長空濺，為報人間斬□妖。

梅生曾用毛筆書寫〈蘭亭序〉送給張慕槎先生，字字工整秀麗而傳神。

二

玉質華年心地清，一身冰雪比聰明。登山臨水時相伴，舊夢重尋是再生。

三

劫火聲中締耦初，生涯長共歷艱虞。蹉跎身世君憐我，今日窮泉尚憶無。

四

家事煩勞久累君，平生相敬意殷勤。尋常柴米知辛苦，且喜燈前共論文。

余與梅生婚後生活清貧，為謀生而多次遷徙於滬寧線幾個城市。梅生雖終日操勞家務，但幾乎每晚都能與余一起挑燈夜讀，共論詩文。

五

三十六年共倡隨，淒迷往事不堪追。壁間遺掛今猶在，覩物思君只益悲。

六

滄茫塵海著浮身，賃廡梁鴻未厭貧。慰我勞生語親切，而今叮嚀更何人！

賃廡：指無力租借好房子住。

梁鴻：東漢扶風平陵人，字伯鸞。家貧好學，不求仕進。娶同縣孟光，字德曜。後夫婦同入霸陵山中，以耕織為業。余自比梁鴻，平日余處事接物，書生氣十足，君常規勸，而今而後，遂不聞矣，無人叮囑。

七

久別親朋未盡思，廿年京國慣棲遲。誰知訪舊江南去，一病纏綿竟不支。

梅生生長在上海，一九五六年隨夫至北京，至一九七六年，二十年中從未返滬省親。她常思南歸訪舊，至申親朋重聚，歡逾平生，不意一病遂以不起！

八

病臥申江夏復秋，幾回危急使余愁。無因乞得長生藥，為我人間且少留。

九

辛勤侍疾我奚辭，病骨龍鍾尚可支。悽絕遺言不堪憶：「此生欲報恐無期！」

奚辭：奚，疑問詞；辭，與「辭」同。

亡室病後稍癒，起床習步，均由余攙扶，每日數次，她常言：「此生欲報恐無期」，以表其感激之情。

十

北國歸來猶臥床，人間無處覓神方。傷心三月春風晚，斷腸安仁賦悼亡！

十一

孤窗睡起日初曛，為汝扶行未及門。一瞑知君有餘恨，彌留嗚咽不堪聞。

後兩句指梅生「有餘恨」，即有女在唐山，大地震後正在抗震救災，未能長期侍疾於左右；有子則當時在文革混亂中，音訊全無，不知其去向也。

十二

人間死別劇堪悲，恩愛百年有盡期。敢道夫妻緣不淺，伴君呼吸最終時。

十三

床邊絮語憶前宵，猶為談詩慰寂寥。何意匆匆成永訣，餘生相見恐非遙。

十四

哀樂中年事屢更，築巢勞燕費經營。何期撒手君先逝，一夜牢愁白髮生。

十五

忍死送君八寶山，靈車西去路漫漫。親朋含淚從茲別，想像音容再見難。

十六

無窮往事怕思量，昔日戲言意可傷。太息人間情未了，達觀何計學蒙莊。

蒙莊：即莊子。因莊子為蒙人，故稱，也稱蒙莊子。《文選》晉潘安仁（岳）〈悼亡詩〉之二：「上慚東門吳，下愧蒙莊子。」

十七

思君不見意辛酸，檢點遺書反覆看。賸有綢繆千萬語，更誰殘夜話悲歡。

十八

平生不識別離憂，今日懷君始欲愁。道韞有才原未展，王郎心事愧難酬。

道韞：即謝道韞，為東晉謝安之姪女，聰識有才辯，世稱「詠絮才」；王郎，指道韞之夫王凝之。據傳，道韞嫁王凝之頗不得意。

十九

重展遺書墨尚新，蘭亭臨寫足傳神。平時手跡餘無幾，兩句梅詩只自珍。

亡室平時愛以「不是一番寒徹骨，怎得梅花撲鼻香」梅詩兩句贈人。

二十

曲院深房鎖綠苔，可憐玉骨已成灰。驚心怕過階前路，曾為經行扶汝來！

當時家居北京法源寺內後院的一個小跨院內，門檻和台階很多，每日必經。

二十一

幽明一隔絕音塵，幾度懷君夢未真。寫就哀詩心緒亂，殘春風雨正愁人。

二十二

相期晚歲更南歸，悵望人間願已違。夢裡猶疑君遠別，醒來頓覺事全非。

二十三

蕭齋夜靜況春寒，寂寞愁懷強自寬。欲寄哀思託青鳥，蓬山路遠到應難。

蓬山：蓬萊仙山，李義山有詩曰：「蓬山此去無多路，青鳥殷勤為探看。」

二十四

去年花發君南去，今日丁香又盛開！爛熳風光誰共賞，他生緣會倘重來。

二十五

生死恩情百感深，幾回惆悵失人琴。可能字字皆成淚，來寫生平未盡心。

二十六

早年喜讀悼亡詩，常怪微之擅鑄詞。今日黔婁同有恨，悲懷難遣與君知。

早歲愛讀西晉潘岳〈悼亡詩〉、唐代元稹〈遣悲懷〉、清代厲鶚〈悼亡姬〉等悼亡之作，喜其哀感頑艷，有如落葉哀蟬。

潘岳：公元二四七～三〇〇年。晉滎陽中牟人，字安仁。工詩賦，詞藻豔麗，長於哀誄之體，〈悼亡詩〉三首最著名。

黔婁：戰國時齊隱士。家貧，不求仕進。《漢書．藝文志》有〈黔婁子〉四篇，後以喻貧士。

二十七

人間生死總難論，猛憶遺言有淚痕。寂寞不堪君逝後，更誰遲我在黃昏。

亡妻常言平日黃昏時最感寂寞，盼我及時歸來，知我歸家，聞窗外足音，則頓覺安然。

二十八

艱難身世與誰同，往事而今似夢中。君去我留亦何益，人天攜手總成空。

二十九

香消玉殞奈何天，癡想猶尋再世緣。難忘平生相厚意，夢回流涕不成眠。

三十

寶鏡生塵不可窺，音容已渺更何疑？哭君多少辛酸淚，為問芳魂知未知?!

贈萬石岩尼眾佛學院諸同學

迢迢負笈到閩南，萬石岩中拜老參。白日講堂聞妙法，黃昏金殿禮瞿曇。

焚香掃地同修學，運水搬柴共苦甘。何處人間尋佛土，鷺門唯有此伽藍。

瞿曇：梵語音譯，也作喬達摩。佛教創始人釋迦牟尼本迦毗羅城淨飯王子，姓瞿雲，字悉達多，後以瞿曇為佛之代稱。宋蘇轍《欒城後集》卷三〈還穎川〉詩：「平生事瞿曇，心外知皆假。」

鷺門：廈門之別稱。

奉題林乾良宗兄〈春暉寸草卷〉七律

我亦早年失恃兒，聞君身世有同悲。承歡菽水懷庭訓，永念劬勞憶母儀。
積歲漸知風木痛，思親怕詠蓼莪詩。春暉欲報從何報，寸草終難忘旭曦。

菽水：「啜菽飲水盡其歡，斯之謂孝。」（《禮記》）

風木：喻父母亡故，不及侍養。見陸游詩：「早歲已興風木歎，余生永廢蓼莪詩。」

蓼莪：《詩經．小雅》篇名，此詩為孝子追念父母而作，後因以指對亡親的悼念。

春暉：比喻母愛，唐孟郊詩：「誰言寸草心，報得三春暉。」

重遊西湖同慕槎志清夫婦　有序

慕槎志清夫婦遊靈隱天竺，訪三生石於叢莽中，歸途遊玉泉、孤山、三潭、花港諸勝，桂花初謝，楓葉微紅，喜賦一律紀行。

十里明湖天下奇，廿年不見換新姿。看山於越來非易，賞桂深秋到稍遲。
鷲嶺雲林同策杖，蘇隄花港共尋詩。此行已訪三生石，他日重逢未可知。

武林紫峰老友寄贈（一九七八年二月十六日於北京）

丙辰秋同遊三潭印月合影為題一律以誌紀念

三潭印月曾遊處，回首難忘再到時。煙柳依稀如憶我，湖山無恙恣吟詩。
故人東道情何重，落日西風鬢欲絲。握手傾談猶有待，且看寫影慰相思。

悲懷妻亡週年（一九七八年三月）

又是春殘惜逝天，愁懷歷亂忽經年。餘生未解幽懮疾，更為思君一泫然。
去年寫就悼亡詩，贏得親朋共淚垂。今日悲懷猶未遣，為君續作斷腸詞。

正道法師學長　靈右

處塵世甘澹泊一生知己不多人同學最相親
昔日所期殊未了
敦風義泯愛憎廿載交情淡似水沈疴竟難起
深秋永訣轉堪悲

悼白聖長老

申江別後音書斷，隔海相望四十年。策杖雲遊師古德，談經到處仰高賢。
分身異域常傳法，飛錫彌天只說禪。太息浮休原似夢，聞公大去一淒然。

悼念巨贊法師

同學五十年前，流輩恐無多，壯歲文章深受晚晴推許。
健康素欽羨，倏然病入膏肓，示疾何期終不起；

追隨廿餘載後，平居幸相得，暮齡禪法曾於海外揚名。
生死本浮休，頓悟身如夢幻，度人有願應重來。

一九二五至一九二七年間，作者與巨贊法師曾在廈門閩南佛學院同學。一九五六年以後作者在北京中國佛教協會任職，與巨贊法師同在廣濟寺辦公，二十餘年來過從甚密。

輓趙樸老（二〇〇〇年六月）

樸老會長　千古

數載親承，備聞教誨；
一朝永訣，不勝瞻依。

宏船法師重修萬石蓮寺落成誌慶（一九八四年九月一日）

萬石蓮寺為鷺門古剎，林壑幽美，曩歲會泉老法師說法於此，宗風甚盛；其後南渡弘化，圓寂檳城，高足宏船法師善繼其業，道譽聞於南天。今返國重修舊院，備極莊嚴，落成之慶，謹賦一律，以誌隨喜。

萬石岩前憶舊遊，參差台殿望中收。曩時蓮社高風在，今日鷺門勝跡留。
會老開堂曾普說，船公發願再新修。人天讚歎吾隨喜，一瓣心香祝九秋。

奉和黃典誠學長鷺門見贈二律原韻（一九八六年）

客裡逢君意倍親，天涯旅泊足緇塵。江湖浪跡重來遠，老大思鄉卻尚真。
半世風霜人自苦，十年蕭寺佛為鄰。兒時往事誰堪語，故舊依稀入夢頻。

總角同窗南院前，故人寥落共悽然。樗材似我終無用，績學如君信可傳。
曾坐春風思絳帳，每懷鄉骨慕前賢。鷺門相訪情何重，接席難忘一夕緣。

南院：即漳州南山寺，當地俗稱「南院」。

絳帳：師長或講座的美稱。此指作者幼年曾得典誠父母授業。

贈傳芬（一九八八年）

一

江左女兒智慧深，中年求法入禪林。辭親割愛排諸障，解黏去縛悟在此。應了萬緣如夢幻，直獲三藏覓知音。嗟余老矣詩情淡，搜盡枯腸費苦吟。

傳芬：俗名錢玉秋，為作者義女，曾協助作者整理《弘一大師全集》文稿；後經作者介紹於廈門削髮為尼，拜時在菲律賓信願寺的廣範法師為師。

二

寄身一葉歸窮海，結宇層巒出短簷。丈室觀空天遠大，權心為戒氣平潛。到門芥菜初抽甲，映戶辛夷恰露尖。別有不傳塵外意，月明花雨誦花嚴。

廬山東林寺大殿聯句

廬山東林寺為東晉慧遠所創建，十八高賢從之結蓮社念佛，千古傳為佳話。迄今千六百年，歷代屢有興廢。昔日遠公造寺，傳有神運材木助之，寺中神運殿尚存；今果一上人發願重興。首建大雄寶殿，十方善信，爭施淨財。其亦神運之重現耶？謹撰此聯，以誌隨喜。

一

集名流結蓮社，十八高士發願同修，早慕勝因歸淨域；
創梵宇始遠公，千百餘年傳燈無盡，又看神運現精藍。

二

開淨土一宗，相傳震旦有情，念佛初從蓮社始；
攬匡廬全勝，應許晉家高士，清遊更渡虎溪來。

泉州承天寺轉塵和尚塔聯

一

一塔幽棲，海山奇會；

四時勝景，風月雙清。

「海山奇會」為該塔所在之固有名勝。

二

因果分明，戒香不滅；
海天空闊，風月誰爭。

泉州開元寺轉道和尚塔聯

轉識終成無漏智，
道風未泯有傳人。

轉道和尚塔聯二對

一

佛道長存，塔婆永固；

法身常住，色相皆空。

二

三生證果超塵外，
百鳥啣花繞塔前。

山西石壁山玄中寺匾聯

一 山門聯

石壁鍾靈宗開淨土，
曇鸞啟教澤被榑桑。

二 大殿聯

世出世間於法自在，
天上天下唯我獨尊。

三　七佛殿聯

相傳七佛有通戒，
但願眾生脫苦輪。

四　千佛閣聯（梵天禪寺）

金蓮座上供千佛，
貝葉經中攝萬緣。

五　祖師殿聯

玄中堂上尊三祖，
石壁山中禮古賢。

三祖為曇鸞、道綽、善導三位祖師也。

檳城妙香林佛殿聯句

會泉老法師晚歲南渡，卓錫檳城妙香林，法緣甚盛。今聞佛殿落成，敬撰一聯，以誌隨喜。

慈航南渡，現身即是道場，看今日輪魚莊嚴，善信瞻依登佛地；
覺路宏開，卓錫便成淨土，願此方栴檀馥郁，妙香縹緲護伽藍。

廈門金雞亭普光寺大殿聯句（冠頭聯）

金口說三乘，宣揚妙法微塵裡；
雞聲聞四野，喚醒世人迷夢中。

廣洽、廣淨舍利塔聯

歷劫輪迴，此世浮休今已悟；
法身常住，故鄉風月有誰爭。

雪峰居士林子青撰

浮休：即生死，其生若浮，其死若休。莊子〈刻意〉：「其生若浮，其死若休。」老莊以人生在世，虛浮無窮，後來相沿稱人生為「浮生」。李白〈春夜宴桃李園序〉：「浮生若夢，為歡幾何，古人秉燭夜遊，良有以也。」

演培大和尚進山陞座誌慶

南國多招提，光明普覺名甲星洲，喜見堂頭升曲盤；
靈山開講席，乘願高僧學追龍樹，應教帝釋護伽藍。

北京中國佛教協會林子青賀
一九九一年五月九日

福建龍岩市天宮山圓通寺落成誌慶

天香滿法界，三世如來同成正覺；
宮殿自莊嚴，十方善信共證圓通。

雪峰居士林子青拜撰
癸酉（一九九三）秋日

馬尼拉隱秀寺（自立法師）三聖殿楹聯

西方三聖以大悲心普觀十方法界，
東土眾生具真信願同登無上菩提。

雪峰居士林子青撰
乙亥（一九九五）孟夏

賀圓拙老法師望九壽聯

見月悟禪心，望九堪稱壽者相；
焚香修佛道，大千盡化旃檀林。

雪峰居士林子青撰
一九九七年

（編註：一九九七年二月一日午圓老處於昏迷狀態）

五台山普壽寺石山門聯句

菲律賓廣範法師施資建五台山普壽寺石山門落成謹撰此聯以誌隨喜

三學齊修如法羯磨，高樹毗尼風範；
五台結夏隨緣依止，唯茲愛道叢林。

雪峰居士林子青敬撰
一九九七年二月二日

散文篇

佛教公論社宣言

現代文明，一方面可以說是報紙雜誌的文明。時代的思潮，因雜誌推銷的普及，而得到更長足的進步，這是不容否認的。因為印刷交通的發達，世界上各種文字的雜誌，都流播到全世界去了。

一種主義學說的發展，幾乎沒有不藉雜誌鼓吹的力量的。在這廣大衰老的中國，文化思潮雖號稱落後，可是各種定期刊物，還是一天一天地增加起來。我們只要踏入書店，那些裝潢華麗、勾心鬥角的雜誌封面的色彩，沒有不使你眼花撩亂而感到美不勝收的。

當這國難嚴重的目前，一切雜誌都帶了憂愁的顏色。一切言論都是在嚴肅與緊張的壓抑下產生出來的。我們佛教徒向來就不大注意到社會的推移，雖然受人怎樣誤解和無理的誣衊，也還是抱著忍辱緘默主義不加辯護，因此那些邪魔外道益肆無忌憚地攻擊起佛法來了。

諸佛要度眾生，第一便是說法。我們要將佛法的真義宣傳到社會上去，應機說法的演講布教固然必要，可是單憑口說，效力究竟有限，因此不能不承認文字宣傳的重要了。

今日社會道德墮落，苟且敷衍的行為充滿國中，這是不明因果觀念的關係。佛教因果學說雖然是老話，倘若能闡明於社會，使一般人奉為生活信條，群策群力，以救中國，也許不是什麼難事的罷。

向來佛教宣傳的方式，已不適於今日時代的需要。我們倘若相信佛法在今日還值得研究和弘揚的話，至少宣傳的方式是該改變改變，而應時的佛教刊物也應露露頭面的。

一般人對於佛法的認識，可以說是太幼稚，至少中學生以上的階級，對於佛法是從無識而至於卑視的。雖然有少數的學者，想以現代科學的知識和歷史考證的方法來說明佛法的深義；但他們把佛學弄得更加專門、更不易攀緣了。結果是一般的讀者固勿論，就是對於佛法有著信仰而想來鑽研鑽研的人也望而生畏的了。

所以，我們有提倡大眾佛教的必要，同時要極力打破向來專供少數有閒階級消遣的謬說，使佛法活潑潑地出現於大眾的眼前，這是我們所祈願的。我們要使一般人認識佛法的真價，和提高僧伽的地位，破除似是而非的佛教思想，提倡佛教真正的信仰，因此我們不能不造成強有力的佛教輿論！

本社的態度，主張公平明朗，對於為法努力的大德長老護法居士，一律致其景仰，不分門戶，以符大乘佛教無我的宗旨。對於今日佛教的危機，願隨時貢其一得愚見，倘若因此可以促進佛教徒的自覺，和世界安樂、國家繁榮有一點點的效力，那就是我們最大的奢望和最喜歡的事了，謹此宣言。

（一九三六年八月十五日載於《佛教公論》第一期）

《佛教公論》發刊辭

人們的思想是永遠不能統一的。每當歷史的一個階段，便有一種新興的思想推進著時代，使時代永遠在混亂的狀態中進展著。因此，每個時代的社會形態往往是畸形發展的。我們稍有思想的人，對於時代的精神，自然不能完全漠視。尤其是對於宗教有著一種信念的人，對於時代的推移和人心的傾向，更不能不予以相當的注意。

思想是歷史的產物，其緣由是很遠的。所以，人們的思想不是一朝一夕創造出來的，誰也沒有權利可以阻止他人的思想自由，因此近頃的各種思想，乃呈現著異常紛亂的狀態。從社會而言，現代的思想大別之為兩大潮流：一種是右傾思想，一種是左傾思想。要使人心完全納於某種信仰的範圍是絕對不可能的。現代社會失去了它主導的文化，個人失去了他信仰的中心，因此現代人生的行為，便成為沒有方向而東飄西蕩的浮萍了。

固然有人說，佛教是根本為時代所不容的東西；但也有人說，社會人生的痛苦，沒有佛教是不能得到真正的解決的。前者是否定一切的虛無主義者的態度，他們對於時代和現前的事物，根本沒有信仰，讓自己的思想飄蕩與彷徨，他們除了頹廢的享樂，是什麼也不感到需要的。你還能希望他們對於佛教有什麼要求嗎？後者對於佛教雖然感到有神聖的效力，認佛教為人們精神寄託之所，可是我國今日佛教的表現力太微弱了，對於社會還不曾喚起多大的反應。這是我們佛教徒該引為恥辱的。

不用說，佛法便是真理。如來的聖教量是從來沒有人推翻過的。因為佛法根本的辯證法，便是如法實相知解，知已，亦為他人解說。佛陀認為，世出世間一切事物是由因緣和合而生的，這是他所發現的真理。因佛教為真理之故，不問洋的東西，不論時代的今古，無論到什麼時候，都是指導人類唯一的最高原理。所以，像現代思想混亂、人類不知所歸這樣的時候，我們佛教徒應該出來提倡，依我們自己的信仰，來解決這個思想問題才是。然而，許多佛教徒，對於現代思想的不安，好像與自己的信仰沒有關係似的，實在不能不說是一種錯誤的心理！

近代思想是從叛離宗教、擺脫宗教而發其端的。以西洋而言，發端於文藝復興的近代思想，其劈頭就是對於支配中世紀歐羅巴的羅馬教會舉著叛旗，打破其傳統的教權，向自由探究之路突進；以科學萬能的警鐘，把一切思想從精神的轉向於物質的，以實驗的斧鉞粉碎神祕的殿堂。

因科學發達而築成的近代文明殿堂，又實在因此科學之發達而被破壞了。科學確實便利了人類，但亦便於殺人了。錯用了護身劍而刺著我們自己的胸，對於這種科學的錯誤應用，難道不應該促使我們對於人生進行什麼反省嗎？

在此，足以拯救這個悲慘的有力者，可以說是釋迦牟尼的佛教了。佛教的根本思想，是排除獨善主義而以利益他人為宗旨的。佛教六度中的布施，便是相互扶助的精神；忍辱便是平和的寬容主義；精進便是捨己利他、見義勇為的積極的大乘精神。自然，佛教是道德色彩極為濃厚的宗教。釋尊所說的：「諸惡莫作，眾善奉行，自淨其意，是諸佛教。」不作惡事，專行善事，是佛的所教，在種種地方、種種問題上，常常可以當為修養的標幟。實際上，大從國家的政治，小到家庭的平和，都顯示著其處事待人之道。指導其信奉者，在所有的大小乘經典中都可以見到的事實。

在原始的文化中，無論宗教、道德，乃至學問、藝術，這些精神的文化，是沒有明白區別的混沌一體。從此狀態漸次地分為生活的各種部門，為著要區別各自的價值，宗教是宗教，道德是道德，是各有其別的生活方式的。這樣一來，道德便脫離了宗教奴隸的狀態，而與神佛的命令和償罪是沒有關係的。因此，人類往往是以自身良心的問題，而主張所謂世俗的道德了。

佛教教理怎樣精深且不必說，因為那是它學術本身的價值問題，自然會有專門學者加以估定的。我們試看今日世界上的國與國之間所築成的壁壘，或民族之間所養成的敵視的心理，一切所謂親善的假面具，就完全暴露無餘了。

今日的世界，倘若能依佛教的主張，互相扶助，養成平等寬容的精神，則世界戰亂的禍根和人類的悲劇，也許可以避免的罷。總之，現代偏狹固陋的獨善主義，是與大乘佛教的寬大主義根本相衝突的。所以，我們要期待人類文明的進步和世界思想的淨化，無論教育、經濟、政治，其根柢若非置於佛教的精神之上，是不能鞏固的。尤其是要善導現代思想的惡傾向，使人生達於真的光明的生活，更是非提倡佛教互相救濟的精神不可的。

世界倘若單是自己，是什麼也不能成功的。以為有了金錢什麼都能解決的黃金萬能的資本家，有時也難免要遭遇到意外的失敗。那便是獨善主義給予他的恩惠。

我們的精神和肉體，是依巧妙的組織和適當的調和而成立的。感官、精神系統，和細胞的調和，便是肉體帶有社會性的狀態。這些細胞倘若四分五裂，不能和合，肉體便不能成立，這也就是社會人群為什麼要和合團結的緣故了。

在這濛濛戰雲籠罩著世界的今日，人類正遭遇著空前的危機。現代人類對於佛教的需求是更加迫切了。我們佛教徒必須挑起自己的擔子，向世界的大道走去。而認清我們的出路，伸手向那沉淪苦海的眾生施予救援，是刻不容緩的事了。

我們明白自己責任的重大，和前途的遙遠，所以我們非聯絡自己的同志努力是不能達到目的的。我們生在這樣衰弱的中國，尤其是生在當前佛教這樣枯寂的情況下，以我們的能力，能幹些什麼呢？我們的能力雖然微薄，只要我們有信念、有決心，將來勝利的榮冠一定會屬於我們的。

人類普遍的弱點便是缺少自知。因為不能認清自己，連自己的價值也不知道。我們要學佛求法和濟度眾生，對於當前環境的事物和眾生的根機，自然不能不充分的認識。但，單知道別人的事是不夠的，我們還要更徹底地知道自己。這個真理在幾千年前已經被希臘的哲人說破了：「你要知道自己！」

知道了自己，就要有自信。廣義的自知，就是叫我們自己先要認識佛法的偉大。狹義的自知，就是要我們覺到自己的渺小。知道佛法的偉大，我們才能堅固自己的信念；知道自己的渺小，我們需要虛心地接受他人的指導與不斷地努力。我們為著要洗淨人類染污的良心，所以有宣傳的必要。佛學的宣傳，已普遍到全世界了。歷史告訴我們，一種學術文化的本質，經過彼此互相影響、互相陶冶的結果，自然會使它更加向上、更加發展的。佛教的根本哲學，雖萌芽於釋尊的大覺心田，可是它的形成，不能說絕沒有受著當時他種哲學的影響的。

中國佛教學術的研究，從隋唐的極盛時代衰落下來，到了近代，受西洋學術文明的刺激才漸漸復興起來，一切可以說是幼稚的萌芽，正需我們加倍的培植。佛教的現狀正和我們的國家是一樣的，積弱既久，一時要壯健起來是不容易的。但許多佛教徒尚不知佛法為何物，何況能宣揚呢？因此，他們連替佛法辯白的能力也沒有了。

我們創辦這個《佛教公論》，顧名思義，自然要代表一般的佛教徒說話，以造成現代佛教徒強有力的輿論。依我們的能力，最低限度，希望能達到以下幾種目的——

一、本誌主旨，在闡發佛教根本教義，使一般佛教徒自己認識佛法的真正價值。

二、本誌注重宣傳於一般社會，和中學生階層的讀者，灌輸真正的佛學知識。所以文字作風要力求生動，以引起讀者的興趣。

三、本誌為促進佛教學術的進展，負有溝通中外佛教學術的使命和佛學理論的介紹與批評。除翻譯英日等國佛學著述外，並致力於各種宗教之研究與介紹。

四、本誌為欲使國內一般讀者明瞭海外佛教情形，擬多多登載關於海外佛教運動之消息。

五、本誌鑒於各種佛教刊物作者投稿的稀少，為促進投稿分量的增加與獎勵研究的精神，於可能範圍內，想盡我們的財力予作者相當的報酬。

茲當本誌發刊之始，略述我們的使命和態度如此。以後將每月一度和讀者相見。我們不敢說憑這小小刊物，對於佛教的建設將有多大的貢獻。但，在這饑荒的中國佛教學術界中，倘能因這少量食糧的救濟而得延長其生命，那就不至於全沒有意義了。

不過，本誌同人的思想學力，都極有限，難免心有餘而力不足，這是要希望海內外的讀者加以原諒的。我們希望能在讀者的愛好與鞭撻之下，來做點有利於佛教和社會的工作。

（一九三六年八月十五日載於《佛教公論》第一期）

我與《佛教公論》

我從去年八月二十日離開廈門，代表常惺法師赴南京出席中佛會理監事聯席會議，到今年一月十七日才又回到廈門。這中間整整地過了五個月的行腳生涯，回想起來真像過了一世紀那樣的渺茫。

當《佛教公論》創刊號出版幾天之後，我就上了雲水的行程，自第二號至第五號這四個月間，關於《公論》的編輯，我徒然負著一個名義，實際上不但沒有看過一篇稿子，而且自己也委實懶得可以，連什麼短篇也不曾寫過。對於讀者，對於本社同仁，都是應該十分抱歉的。

幸而駐社有瑞今法師和廣義法師的負責，社外有宏宣法師和義俊法師等源源的賜稿，使本刊的生命得以延長至今，這是我不能不表示慚愧的。而海內外各方愛護本刊的讀者和同志等的踴躍捐助，使本社的經濟得以支持，那更是值得深深地感謝了。

然而，五個月間我在江浙究竟做些什麼呢？我所接觸的一切見聞，究竟有什麼值得報告的呢？本刊今後將以何種的陣容出現呢？想來這都是愛護本刊的讀者所關心的吧！本來這些問題都是要另寫專篇來報告的，現在時間既不允許，就約略來談一談吧！

去年八月初間，舊友通一法師自香港來廈，他是香港《人海燈》雜誌的編輯，和我是弄筆桿的朋友。他因為要趕到蘇州木瀆法雲寺去受付法，我也因為佛教會事要到南京去出席，兩人就同船到上海去。在船上我們談了很多的話，交換許多的意見，彼此年來的思想和遭遇也都得著一個互訴的機會。這樣的聚合在人生旅途上，真是不易多得的事！到上海後，又同車向南京走，他在鎮江下車，我便獨自到南京去。一路的情形，他曾寫成行腳日記在《人海燈》發表，我卻懶得動筆，至今只有讓渺茫的回憶和時間一樣消滅了。

我在南京住了五天，除了開會以外，我總是到各處去玩。在會議的第一天，和出席代表一同謁陵，參觀了孫中山先生的遺體，又順便赴陵園藏經樓去兜了一圈。可惜那麼偉大壯麗的佛教建築，只供遊人登臨賞玩；要是將來能夠成就幾個大德學僧在那裡研究和管理，我想那是再好的研究道場也沒有了。

那時正是舊曆初秋，玄武湖的荷花還是密密地開滿湖面，只留一道水路讓遊艇往來而已。我和內學院的萬均兄雇了一葉扁舟，蕩漾在湖心的荷溝裡，一面是蜿蜒無盡的石頭城，一面是蒼茫雄渾的紫金山，還有無數的遊艇往來於荷花深處，放眼四望，真是說不出的詩情畫意。

離南京後至常州天寧寺，客堂的現月法師和隆興、昜旦諸大師都是熟人，所以住得很方便。這時天寧寺的欽峰監院和學淵知客適因與京滬某憲兵團長有誤會，被押於南京衛戍司令部，住持證蓮和尚正奔走營救，全寺陷於極度的紛亂。聞欽峰、學淵二師最近一月前釋放，還是借重王柏齡居士的力量。第二天承雨華同學導往清涼寺參觀，清涼寺是清海和尚獨力募建的，法堂和戒壇合共三層，真是極畜麗堂皇之壯觀，統計全寺建築費不下百萬，在今日江南新興巨剎中，要算是首屈一指的了。

回到上海以後，在虹口西竺寺住了近一個月。在中秋後的一天到杭州的六和塔去。這時正是滿覺隴的桂花時節，又是「已涼天氣未寒時」，杭州雖是舊遊之地，而當此春秋佳日，好遊的我自然是不肯放過的。在杭州的一月間，我曾和妙乘、自然二兄到天台山和雪竇寺去遊了一次。歸途我又獨自去白湖訪芝峰和亦幻諸舊友，這些都是可以寫成遊記的。

十一月間，因中國佛教會通知在滬召開第八屆全國佛教徒代表大會，我又為廈門市佛教會代表出席。這次大會形式和人數都比較以前幾屆的大會進步，因為章程修改通過後，尚須經中央黨政機關批准，所以沒有舉行選舉就散會了。會後我又到鎮江寶華山去了一次，一直到最近才回到廈門來，這是我半年行腳的經過。

本刊今後的出版仍然不成問題，不過因為編者個人的疏散和瑣事的牽纏，也許遲些時日，這是要請讀者原諒的。只要時間和能力允許的話，我希望盡我最大的努力，把它於每月規定出版的日期送到讀者的面前。

至於本刊今後的陣容，我們也已略有準備，我希望在內容方面加以充實和刷新，除逐期曾為本刊撰述的宏宣、義俊二兄，仍請繼續寫作外；並特約南京的萬均兄和在錫蘭留學的岫廬兄為本刊特約撰述員。這兩位的學問思想和寫作在今日一般佛教青年作家中，可以說是一支有力的生力軍。其他熱心的作者，我們也希望他們不至於鄙視本刊而源源的賜稿，使本刊成為佛教真正的公論，那是編者所企望的。

一九三七年一月三十日寫於海印樓

（原載於《佛教公論》第一卷第六、七合刊）

《白毫庵膚偈》贅言

余幼時讀書，屢從長者聞白毫庵張瑞圖逸事。披剃後於閩南諸名剎，時見其所書匾額，飄逸遒勁，心竊慕之。民國十五年初夏，求戒福州鼓山湧泉寺，於丈室見有署白毫庵所書數大幅，工力俱臻上乘，想見其揮毫得意之狀。爾時僅知其書法而已，後復於南普陀寺壁間見莊俊元所書張二水先生禪偈，乃驚其書法之外，於詩禪造詣尤深，意必有著作傳於世也。

丙子歲暮會義俊法師自泉州來，談次聞彼藏有《白毫庵膚偈》手抄本一卷，都百餘首，急索傳誦，驚喜過望，因請公諸於世，以發揚古德之幽光，義師許之。先是義師欲謀付梓，困於資，曾郵寄沙市《佛海燈》雜誌刊載。義師有序一篇，述得此書因緣，云得於溫陵陳髯僧先生，而髯僧先生乃從張氏家藏錄出者，輾轉傳寫，未經梨棗者二百餘年矣。一代先賢，未能傳隻字於後世，千百年後至湮沒其書，不亦可哀耶？

震旦文人，好將詩禪並論，故歷代禪僧多以詩得名，如貫休、齊己、寒山、拾得，其尤著者。至若東坡文章詩詞，善融禪意，一種超然如空中之音，水中之月，落筆曠達，了無沾滯，使人於文字之外，別有會心，此其所以千古不磨者也。蓋禪本以無言為尚，世尊拈花，迦葉微笑，當下即傳心印，然禪家無意中流露之語言文字，如千七百公案，不期然而然，使人於文字上得大禪悅，水流花放，無非般若矣。

張瑞圖，字二水，晚居白毫庵，自號雪關道人，又號芥子居士，明末泉州人。萬曆間與董其昌同科及第，詩書俱工，時論書法有「南張北董」之稱，董秀張雄，俱為世所重。張之詩文為書法所掩，故世罕聞其詩名。晚年身遭變亂，歸隱田園，以詩書自娛，於內典禪門著述，皆曾博覽而精究之。急流勇退，視功名如敝屣，即論氣節，已足千秋，文章直其餘事耳。其遺著《白毫庵膚偈》僅一百四十四首，知者尚鮮，其所作或不止此。然此海內孤本，彌足珍貴矣。茲欲刊於《佛教公論》，以貢獻於世，因贅數言，記其因緣如此。

歲次丙子除夕　比丘廣甫敬識

（一九三七年三月載於《佛教公論》第八號）

《白毫庵禪偈》補遺三首

《佛教公論》第八號曾發表《白毫庵膚偈》一百四十四首。余於〈膚偈贅言〉中曾提及南普陀壁間有莊俊元所書張二水先生禪偈，為《膚偈》手鈔本所未錄，爾時因忙未暇補入，今特錄入〈煙水庵隨筆〉，以免滄海遺珠之憾。《偈》云：

皎皎流金一鏡　珊珊戛玉千竿　政爾青鷗飛下　孤琴且駐木蘭

折柳樊場作苦　灌園提甕忘機　但使外事都遠　莫辭草露沾衣

溪畔花繁饒笑　尊前人字莫愁　白鷺青鷗兩岸　玉簫金管中流

書張二水先生禪偈

佛日和尚清鑒　　莊俊元

（一九三七年七月載於《佛教公論》第十二號）

煙水庵隨筆

曩於讀書之暇，喜摭拾海內大德嘉言，手自鈔錄，以時披誦。積稿盈帙，時復遺去。頃以勝緣獲誦弘一法師近年在閩所書小柬墨妙若干種，斷帋零篇，有如流沙墜簡。因為轉謄，以實吾庵之隨筆。

（一）

余近居日光岩方便掩關，諸緇素屬為演講。竊念余於佛法中最深信者，唯淨土法門。於當代善知識中最佩仰者，唯印光老法師。今舉嘉言錄中數則，略釋之。

願離娑婆云云　三九頁
既有真信云云　四二頁
一切行門云云　四九頁

諸君暇時，乞常閱嘉言錄，每次僅閱一二段，不必多。宜反覆研味其義，不可草草也。　演音

（二）

昨日出外見聞者三事：

一、余買價值一元餘之橡皮鞋一雙，店員僅索價七角。

二、在馬路中聞有人吹口琴，其曲為日本國歌。

三、歸途淒風寒雨。

勝進居士　慧覽　正月二九日　演音

（三）

菩薩發意求菩提，非是無因無有緣。於佛法僧生淨信，以是而生廣大心。
不欲五欲及王位，富饒自樂大名稱。但為永滅眾生苦，利益世間而發心。
常欲利樂諸眾生，莊嚴國土供養佛。受持正法修諸智，證菩提故而發心。
深心信解常清淨，恭敬尊重一切佛。於法及僧亦如是，至誠供養而發心。
深信於佛及佛法，亦信佛子所行道。及信無上大菩提，菩薩以是初發心。

歲次癸酉正月八日，移居妙釋禪寺。是夜余夢身為少年，偕儒師行。聞後有人朗吟華嚴偈句，審知其為賢首品文。音節激楚，感人甚深。未能捨去，與儒師返。見十數人席地聚坐。中有一人操理絲絃，一長髯老人即是歌者。座前置紙，大字一行，若寫華嚴經名。余乃知彼以歌而說法者，深敬仰之，遂欲入座，因問聽眾：可有隙地容余等否？彼謂兩端悉是虛席。余即脫屨，方欲參座，而夢醒矣！迴憶華嚴賢首品偈，似為發心行相五頌。因於是夜篝燈書之。願盡未來際，讀誦受持，如說修行焉。

演音

普潤法師供養　　　　後五日並記

（四）

己巳十月重遊思明書奉

閩南佛學院同學諸仁者

悲　智

有悲無智　是曰凡夫　悲智具足　乃名菩薩

我觀仁等　悲心深切　當更精進　勤求智慧

智慧之基　曰戒曰定　如是三學　次第應修

先持淨戒　並習禪定　乃得真實　甚深智慧

依此智慧　方能利生　猶如蓮華　不著於水
斷諸分別　捨諸執著　如實觀察　一切諸法
心意柔軟　言音淨妙　以無礙眼　等視眾生
具修一切　難行苦行　是為成就　菩薩之道
我與仁等　多生同行　今得集會　生大歡喜
不揆膚受　輒述所見　倘契幽懷　願垂玄察

大華嚴寺沙門慧幢撰

（一九三七年三月載於《佛教公論》第八號）

闢《海潮音》法舫之妄論

誰都知道以太虛法師為中心的《海潮音》雜誌，曾有過光榮的歷史，它對於學術界的貢獻，也是我們所承認的。可是近來愈弄愈不像樣了，自從芝峰法師離開武昌以後，聽說《海潮音》已交給法舫編輯，法舫的學問能力，我們是領教過的。憑他一知半解的佛學知識，和似通非通的文字，加以雜亂無章的編法，怎麼能負得起那樣重大的責任呢？所以近來的《海潮音》，我幾乎是太緣遠了。這並不是我鄙視《海潮音》的歷史，實在是因為它近來的姿態使讀者太失望了。

前日一個同學拿了《海潮音》第十八卷的第一期來，他指出其中的《佛教春秋》中〈閩南佛學院之不幸事件與善後〉一文來給我看。他們看了這篇怪論，當然很憤慨，而且因為我是被看作罪魁，所以慫恿我須出來說幾句話。我向來是抱定人不犯我，我不犯人的宗旨，和不批評我看不起的人的。

現在既有關於我的話，當然得由我出來回敬一下。本來法舫這篇大文，在《佛教日報》和《人海燈》的目錄預告上似乎也曾看過，大家知道必然是篇妙文。但我看了一遍，未免好笑。法舫既如此惡意的造謠，又有意和我開玩笑，我若不教訓他一頓，以後他更要喪心病狂了。

法舫這樣麻木不仁，揑造廈門通訊，發表那些杜撰的攻訐文字，他的存心早不可問。他居然妄引廈門報紙（關於閩南佛學院和佛教養正院學僧此次的糾紛，廈門各報記載，互有出入背景甚明。而且那時我又不在廈門，讀者自然會明白那揑造新聞的作用的！）濫造毀謗之詞，其有意誣衊，寧待指摘。茲錄《江聲日報》關於二十五年十二月一日兩院學僧風潮載稱：

「據養正院聲明二點：略謂一，二十九日為本寺全體洗澡日期，寺僧依次入浴。當時本院學僧即往浴室，而佛學院學僧拒絕進入，略與理論，即以拳腳相向，本院學僧多十數歲小孩，焉能抵抗，故哭聲震寺，亂跑回院。經過佛學院門口，又遇聚隊截打，學監聞聲往詢，眼見學僧被毒打情形，教務主任及教師廣義、本覺，亦聞聲趨出，向前阻止；乃彼來勢洶湧，只得率領學僧往庫房請玄妙當家保護。此次養正院學僧受重傷者：傳揚、心鏡；輕傷者賢悟、妙皆等七人。二、養正院同人，恐閩院學僧逞強，難以抑止，故要求當家召警，以維秩序。事後並留警一名，保守院口，以防閩院學僧行兇云云。」

而《海潮音》所謂據廈門通信並報紙則另載稱：

「閩南佛學院全體同學，於十一月二十九日，正在洗澡之時，無故被養正院主任，僧人瑞金、本覺、廣義等率領全體學生並勾結流氓數人，前往浴室，包圍歐打，穿衣未畢之閩院同學妙蓮、達居、覺初等；旋又打至閩院內，因該僧瑞金等勾結流氓，氣勢甚為兇暴，當時瑞金並聲言：『非將閩南佛學院打散不可！』有人並言『放火』！一時全寺院情形，非常混亂，又極危險。該寺當家，恐生意外大禍，始電知公安局，派隊入寺，該僧瑞今等，始行休息。閩院同學，受重傷者三人，輕傷者八人云云。」

讀者試將這兩種報紙的記載對看一次，至少可以有一種明確的判斷吧！同是廈門報紙，而記載的出入若此，其有背景，寧非顯明？而「該惡僧」法舫瞎嚼蛆，根據一面惡意的通信，便加以評述，這也是所謂春秋筆法嗎？

《海潮音》又有一條：「又據傳云：『該惡僧慧雲曾在上海運動某佛會理事長閩僧××，某理事長從中主使云云。』」

法舫說：「以上消息均據廈門航信快信報紙所說所載，想非虛構。」試問這個傳云，不是故意要布成疑陣嗎？某佛會理事長既係閩僧，而又不敢指名，當然法舫是有作用的。這種完全沒有根據的卑鄙的誣辭，想不到會出於《海潮音》編者法舫之手?!

他又杜撰廈門《華僑日報》說：「該惡僧瑞金、慧雲，本為不法之徒……。脅逼常惺法師退職等……。」來誣衊人，這種荒謬卑污的心眼，真應該去受末日最慘酷的審判！

「該惡僧」法舫末了對於此事（閩養兩院的風潮）的判斷，以為「不論主動之背景如何，決應積極追究」，而且像義正詞嚴地說：「撇開佛教戒律、寺規、院章不說，但就社會治安而論：第一，南普陀寺亟應首先將惡僧瑞金、慧雲、本覺、廣義等，送地方官廳嚴懲。（真是痛快得很！）第二，閩南佛學院當局與同學會方面，應提出法律訴訟與保障。第三，住持常惺和尚應速返寺主持一切，徹查起事之原因，並開除惡僧瑞金、慧雲、本覺、廣義等寺籍僧籍。（談何容易？）第四，立即解散養正院或更換主辦人。（那更來得痛快！要是法舫來當住持或院長，那麼這些福建老就要無噍類了。）第五，應以最妥善之方法，保障閩南佛學院之存在與師生之安全……。」

法舫！你的辦法真多，我也抄得不耐煩了。總之，閩南佛學院至今仍然存在，此事似乎已成過去，真是勞煩你一番苦心了。可是這些你認為非開除寺籍僧籍不可的「惡僧」，現在南普陀寺偏非用他們不可，對於你老人家真是抱歉得很了！

法舫，你這個可憐的災童，（據傳云：法舫之父為河南盜魁，被殺後，法舫流落北平，為孫厚在居士培養於北平孤兒院。往年孫居士每於廣眾中提及法舫為災童事，法舫輒面紅耳赤云。）你在武漢的穢跡污史，我本不要指摘，你還有什麼資格來教訓人嗎？自己漂亮一點吧。你若是再瞎嚼蛆，那麼你真是我們太虛法師的罪人！像你這樣冒冒失失地胡說，破壞僧團的和平，造業深重，應墮泥犁地獄；倘若再不懺悔，那就借用你的教訓奉敬吧：「佛門雖廣，決不容之！僧伽海眾，定不共住！」

末了，我得聲明幾句，法舫對我個人惡意的毀謗，在他要招因果，在我個人是少結了緣，根本無傷於毫髮。他根本是沒有頭腦也沒有靈魂的東西，讓罪惡帶他到更黑暗的地方去吧。至於他的「種種造謠，惡謀搗亂」對於養正院師生的攻訐誣衊，若不加以聲辯，定有許多師友受其片面的宣傳所蒙蔽。為僧教育之前途，真是「何堪設想」？夫閩院與養正院近年之學風，優劣如何，此無容辯，事至今日，亦無須辯了。而我與瑞金法師和閩院的關係，亦盡人皆知。此佛教僅有之僧教育道場的存在，更不必勞你煩心，自然它會安全存在的。我們「此等敗類」雖然不能「略居清淨道場之中」，卻仍然「忝為少年僧伽學院之教師」。請你不必越俎代庖，杞人憂天了。

在此，我也「希望全國僧教育學院師生及閩院在外各屆員生並廈門各界熱心護法之士，一致擁護閩南佛學院之存在」。同時對於法舫的不甚好意的關心，表示深深的

感謝！（本文所引用「」引號內的字句概引用法舫的大作）

（一九三七年載於《佛教公論》第一卷第六、七全刊）

談司馬遷與其《史記》

從前的人說，要做一個歷史家必須具備「才」、「學」、「識」三長。用現在的話來解釋，所謂學是要博覽群書，具有豐富的史料的知識。所謂識，是要善於判斷史料的真偽，而具一種發現真理的眼光。所謂才，就是要將學和識發揮於歷史著作的力量，而這力量可以說大半是文章的力量。一個人必須兼備以上三長，才能成為真正的歷史家。

拿這種標準來衡量古今的史家，恐怕沒有幾個人是夠得上這資格的。大抵古人著書，是不得意時的一種玩意，所謂君子無位，著書以疏善惡。因此往往構思落筆，心裡先有一種藏之名山，傳諸後世的念頭，他們只想發表自己的思想，甚至不惜假託古人以達流傳的目的。所以常常遯跡深山，閉門著作，和社會生活完全斷絕關係。他們既不靠著述來養活老小，在生活簡單的時代，自然是不成問題的。陶淵明之不肯為五斗米折腰，便是這個道理。

從現在的情形看來，單有了以上三長，還是不能成為一個史家的。一個偉大的作家，他必須有充分的人生體驗，然後他所寫出的作品才有永久的生命。古的如唐代玄奘，他必須踏遍印度全土，才能著作那千古不磨的《大唐西域記》；今日如俄國的高爾基，他必須嘗盡人生種種的甘苦，才能寫出那世界的傑作——《母親》。這就是老生常談的讀萬卷書、行萬里路的收穫。同時那個社會對於學者也必定要給予相當安定的生活，換言之，就是一個學者所得的報酬必須足以餬口，而無朝不保夕的飢餓的畏懼才能辦到。

因此，在那三長之外，還有兩個重要的條件。一個是要實際接觸現實，和社會保持相當的關係，就是對於社會各階層的意識必須能夠理解。第二是生活必須有多少的餘裕。因為文才無論怎樣優秀，完全躲在象牙塔裡——書齋的人們是不能寫出歷史的。無論有怎樣精銳的歷史眼光，如果貧窮忙碌而為衣食所驅使，也是什麼都做不出來的。這就是三長之外，還須兩個要件的理由。

談起我國的歷史家來，不能不首推左丘明和司馬遷吧？左丘明著《左傳》述於孔子之志，其《左傳》究為一人的著述，還是數人的著述？至今學者間尚有爭議，今且不談。至於《史記》，大抵是司馬遷的父親司馬談留下的遺稿，由司馬遷繼承的，或者可以說是他們父子合著的。因為他們父子都當過太史令，是漢朝的修史官，其主要的材料多是官方供給的。我國自古重視修史的事業，因此歷史多是一種官業。《史記》雖可以說是太史公的一家言，然一研究其由來，其所受官府的恩惠也是不少的。

《史記》在我國歷史中被稱為歷史之父，後來班固作《漢書》，范曄作《後漢書》，陳壽著《三國志》，乃至宋元明史二十三史，都是以《史記》為模範而寫成的。後代無論怎樣的史家，很難突出太史公所定的典型之外。雖然用今日科學的眼光可以找出許多錯誤來，如清代崔東璧有一首詞：「齊東野語從來巧。漫譏評，離騷屈子，南華莊老。太史文章千古重，舛謬依然不少；還未算全無分曉。最是而今談古蹟，試推求，人地皆荒渺！……」

然而在我國的學術意義上說，《史記》一書可以說是經春秋戰國至漢朝一切知識的寶庫。司馬遷處理材料的方法是這樣的，他寫堯、舜、禹、湯的事，採用《書經》；寫春秋時代的事，採用《左傳》和《國語》；寫戰國的事，採用《國策》，寫其他諸子百家的事，則採用諸子百家。他不但採用外來的材料，有時連他人的作品也引之成為己有。到了記載秦末漢初以下的事，才發揮了自己的筆力，可是從另一方面看來，他的著作幾乎包括了天文、地理、物產、運輸、軍事、交通、貨幣，及其他所有社會和生活的問題，所以《史記》簡直是當時一部百科的辭典，要研究我國文化的人是必須一讀的。

司馬遷對於材料搜羅的廣博自然沒有話說，其識見也極其卓越，為一般史家所不及；至於他的筆力，可謂千古一人。以上所謂三長，他可以說是具備的。此外他又曾周覽天下名山大川，並仕於漢武帝之朝，參加實際的政治活動。為了李陵的關係，他雖下了蠶室受凌辱，似乎尚未為了衣食停止其修史的事業。這樣說來，他是一人而具備這三長和兩要件的。這就是《史記》一書之所以能超然獨步於我國歷史中的原因。

至於後來官撰的歷史，多是不甚經意的急就工作，因此都是不免於平凡的。但是官撰的歷史中，司馬溫公的《資治通鑑》，要算是最優越的一部編年史了。因為他是宋朝的大政治家，他說歷史即過去的政治，政治即現在的歷史。其名稱「資治」二字，便是說明他修史的目的。

然而，官撰的書，大抵是不能照自己的意見寫出的，因為執筆有所顧忌，往往不免要歪曲一些事實和遷就當局的意見，例如歐陽永叔當修《唐書》的時候，因為和他人共同工作，不能專心致力，不得已而向《新五代史》發揮其全力。因此這《新五代史》才不失為一部具有特色的歷史，雖然在那人才消寂、政治萎靡的時代，今日學者對於五代史實尚能引起興趣者，就是為了愛讀他的五代史的緣故。

（原載於《現代週刊》第三卷第八期民國三十五年十二月十五日在台北發行）

《正道法師紀念刊》編輯後記

正道法師圓寂已經整整地四個月了。在這四個多月之間，整個世界、整個國家，都陷入於混亂和不安的狀態，對於一個不慕虛名的佛徒之死，除了真正相知的師友，自然會漸漸地把他忘記的。

我們發起為他編輯紀念特刊，並不是因為他是一個社會上煊赫的人物，或在佛教史上佔著重要地位的巨人；相反地，卻因為他是一個腳踏實地的本分衲僧，能在舉世滔滔濁流中屹然獨立，不為五欲物情所迷惑的。

在許許多多的所謂善知識們正醉心於名利和追求物質的享受的時代，他能敝屣這些他可以獲得的享樂，同時又能調伏身心，本著佛的遺教去行持，真正是所謂猶如蓮華，不著於水，其行為的高潔也就值得我們追念不置了。

「正道法師紀念刊徵文啟」的發出，只限於平昔和他有關係的師友而其通訊處為我們所能知道的。在這交通不便，世亂如麻的時期，能夠收到多少文章，我們本來是不敢存著奢望的。然而出乎我們意料之外的，東至台灣，南至菲律賓，以及平日絕不執筆寫文的人，都破例地為了紀念正道法師而寫下了他們的哀思，這一種生死不渝的友情，真正值得我們珍視，現在讓編者把這本特刊的內容約略介紹一下：

封面的題字和裡頁的題詞是密林法師，他對於他的高足的早逝，有如仲尼之喪顏回，所以有「胡喪予回也」的感傷，其師資的契合是可以想見的。

印光老法師為近代淨土宗大德，雖然已經圓寂七八年，但是他的言行今猶為極多人士所崇仰。他的遺墨法書似不多見，吉光片羽，得之者珍如拱璧。他老人家寫贈正道法師的對聯，書法聯語都好，所以我特別把它製成鋅版印出，使一般崇慕印老的人也同樣可以瞻仰一下。

圓瑛老法師已是七十開外的老人了，他為了正道法師之死，不但立即送了輓聯，並且為本刊撰寫一首悼詞，詞意沉痛，其痛惜正道法師之情，也就可以想見了。

屈映光居士，向來熱心佛教慈善事業，中日戰事發生的時候，他在上海領導上海各界慈善團體聯合救災會，僧侶救護隊後來便是屬於這個團體的一個單位。那時屈老居士是總隊長，弘明法師是副總隊長，正道法師是總隊之下的中隊長，他們為著救國救民，都曾貢獻了自己的力量，屈老居士與正道法師的交情，我們看了他的含有奧理的輓詞，也就可以明白了。

趙樸初居士所寫的〈正道法師輓詩〉，詞意蒼涼，一面寫出正道法師修養工夫的高深；一面表揚他布施的善行，與對於貧苦好學青年的同情。使我們可以瞭解：他雖持躬淡薄，然而決不是獨善其身之流可比的。

大醒法師近居台北善導寺，他和正道法師雖不曾相處，但他接到我們的徵文啟，很快地便寄了一篇悼念正道法師的文字來，其敬重道師之人，情見乎詞矣。

瑞今法師是菲律賓馬尼拉市大乘信願寺的現任住持，他和正道法師是安慶和閩南兩佛學院的同學，他接到道師的噩耗也是非常悲悼的。所以他在菲弘法雖然很忙，也迢迢地寄來了一篇〈千里海外悼同參〉。

南亭法師與葦乘和尚，和正道法師先後有同學或同門的關係，他們平日相知素深，所以寫來雖然短短千餘字，卻掩不住他們真切的感情。

道航法師住在虞錫道中羊尖鎮一個小廟上，聞達和尚住在太湖洞庭西山包山寺，妙乘大師住在杭州六和塔，他們也是輕易不肯寫文的，然而為了紀念多年的老同學，他們竟然破例地發揮了無限深切的友情。

妙朗、蓮棲兩法師，和正道法師有同參、同學、同事的關係，他們的紀念文字，寫來更是真情流露，入木三分，決不是泛泛交情所能比擬的。

獨還法師是正道法師十餘年的同學，自從道師住持上海清涼寺以後，他是一個比較時常往來的人，當然他所追憶的往事，非他人所能企及了。

姜鴻飛先生是一個小說家，他已寫過許多單行本小說問世，並經常為各報撰寫長篇連載小說。他在經過不幸的遭遇之後，認識了正道法師，使他知道佛門中有這樣一個學德崇高的人物，他是崇拜得五體投地了。在他感恩知己之餘，竟稱之為他的明燈。近年正道法師接住南市積善寺，姜先生也住在那裡，對於他的行為更進了一步的認識。關於正道法師在積善寺的生活情形，他的文中給讀者提供了忠實的報導。

其餘幾篇文字，各有各的精采，讓讀者自己去品評罷。因為時局關係，我們沒有久待各處的來稿就付印了，這是要請讀者原諒的。

本刊能夠如期出版，編者在此敬向各方作者致謝！

三十八年三月二十日子青記

讀《石林集》書後

漳郡古多名僧，宋大覺懷璉，元雪岩祖欽甚尤著者。降及明末，南山之閑寂與開元之樵雲，俱以戒行見稱，而文采無聞。明清之交，雪樵真樸、星朗道雄、百癡行元、遠門淨柱、宗符智華、靈機行觀等，皆法門一時之秀，知名叢林間。然諸尊宿多行化他方，其縱跡少見於桑梓，故漳人多不聞其名。

頃者鄉人□□□居士（編註：應是劉綿松居士，當時由於「文化大革命」期間，作者隱去了其名），以《石林集》一書見寄。作者僧性發，字成江，號隱愚，里籍不詳。讀集中文字，知曾構精舍於漳州城東之岳廟，稱石林寺，遂以名集。性發能詩工書，與太史蔡梁邨、名士陳光我等交；梁邨評其文字綽有文法，推許備至。

是集無梓行年月，依所記人物年代推之，知為乾嘉時人，與漳浦葛山蔡新同時者。集中有文有銘有詩，多清新可誦。詩題所記乾嘉時代南山寺之志融、廈門南普陀之約波、三平山之悅光諸尊宿，於閩南佛教歷史人物之研究，頗足資考證，洵為漳郡清代方外詩文唯一遺著之存於今日者，至足寶也。

余漳人也，早歲離鄉，於桑梓文獻少所涉獵。曾見〈龍溪新志〉初稿，載黃仲琴重刊陳光我〈泉石留言〉序，稱陳氏風格克肖唐賢，稱其同遊之隱愚，有顛素風，心竅儀之。因記寓目因緣於此。

歲次壬寅仲冬元日　林子青於北京

揚州大明寺歡迎鑑真和尚像回國巡禮法會疏文

伏以

廣陵春暖，慧日耀於蜀岡，淮甸風清，慈雲蔭於梵宇。恭維　鑑真和尚，法門龍象，律苑斗山，毓靈桑梓之邦，擢秀檀林之域。早秉戒香，尋師京洛，專研教義，訪道珠林。登壇傳戒，開講肆於蕪城；種藥濟貧，立悲田於蕭寺。紹隆像化，闡播玄風，道俗歸依，人天頂禮。爰有東瀛勝侶，叡照大德，梯航戾止，負笈觀光。念故國戒壇之未備，希大唐宗匠久遠遊。籲祈東渡，傳法彼邦，針芥相投，因緣和合，千辛備歷，百折不撓。屢犯風濤之險，終達寧樂之都。傳燈講律，造寺寫經。百工技藝，成天平文化之霞標；一座招提，覩赤縣琳宮之輪廓。廣傳菩薩之尸羅，高樹法幢於異域。盡一生之形壽，結兩國之苔岑。中日人民，四眾道俗，沐恩波之浩蕩，久結同心，念教澤之悠長，敢忘報本？

爰於和尚尊像回鄉之時，謹修法事於揚州故居紀念之堂，敬陳香花，專申供養。

山川未改，望雲石以瞻依；謦欬如聞，撫林泉而啟慕。伏願慈光普照，遺愛長存。壎篪之樂常鳴，兄弟之情永固。兩邦和好，萬代相親。世界和平，十方同慶。

一九八〇年四月十九日揚州大明寺謹疏

歡迎鑑真和尚像回國法源寺法會疏文

伏以

滄海遙深，濟渡有需舟楫，佛緣廣大，弘傳實待聖賢。恭維　鑑真和尚，法門義虎❶，律苑宗師。壯歲參方，早訪名師於京洛，中年講律，已傳淨戒於江淮❷。五篇七聚❸，講貫❹受持，善信歸依，焚香頂禮。祇園春暖，悲田❺廣種藥草之苗；蕭寺❻秋

❶ 法門義虎：《釋氏要覽》高僧道光居江東，研究義理，號義虎。

❷ 江淮：即長江與淮河。《東征傳》：「江淮之間，獨為化主。」

❸ 五篇七聚：律宗常用一成語，篇、聚，具有類別之意。「五篇」亦譯為「五犯聚」，即將比丘的二百五十戒，分為五類：1.波羅夷（斷頭）。2.僧伽婆尸沙（僧殘）。3.波逸提（墮）。4.波羅提提舍尼（向彼悔）。5.突吉羅（惡作），各包括若干條戒。「七聚」即：波羅夷、僧殘、偷蘭遮、波逸提、提舍尼、惡作、惡說。

❹ 講貫：即講習。《國語》：「士朝而受業，晝而講貫。」

深，戒院多護鵝珠❼之侶。神州文物之邦，開元天寶之世。瞻風❽先覺，早傳道於秋津❾；求法高僧，乃尋師於禹域❿。感激精誠，憫梯航⓫之遍歷；排除險阻，率弟子以遐征。滄波浩渺，舟楫迷津。身經瘴海⓬，雙目竟遭失明；志切度人，素心終於不屈。五度乘桴，屢受阻於狂濤；十年航海，終獲登於彼岸。朝野涕騰，人天讚仰，

❺悲田：三福田之一，即敬田、恩田、悲田。施貧病者曰悲田，供養父母、師長曰恩田，恭敬三寶曰敬田，總稱曰「福田」。

❻蕭寺：寺院之通稱。梁武帝信佛造寺，後人以其姓蕭，故以名寺。一般稱古寺為蕭寺，本此。

❼鵝珠：故事出《大莊嚴經論》十一。《天台霞標》二光定戒牒曰：「乞食沙門，顯鵝珠於死後，賊縛比丘，脫草繫於王游。」持戒精嚴的譬喻。

❽瞻風：比丘，遊方，謂之「撥軍瞻風」。

❾秋津：日本國號之一，曰秋津島。

❿禹域：即禹跡。禹治洪水，足跡遍於九州，故稱九州曰禹跡。

⓫梯航：梯山航海，跋涉之意。

⓬瘴海：亦稱瘴江，即多瘴氣之地，指我國南方。

傳詔⑬慰勞，人主致虔誠之禮敬；登壇受戒⑭，比丘復清淨之律儀。德高望重，志篤行堅。南山行事，倡白四之羯磨⑮；東海傳燈，負千秋之使命。幸眾緣而具足，喜百藝以交流。巧匠能工，建寶坊⑯於福地；及門高第，塑肖像於影堂⑰。千二百年之遠忌，曾紀念於曩年；萬千信眾之葵誠，又重見於今日。憶浮杯⑱以東渡，喜飛錫⑲而歸來。

⑬ 傳詔：《東征傳》末，鑑真到日，孝謙天皇敕使吉備真備來口詔曰：「大德和上，遠涉滄波，來投此國。誠副朕意，喜慰無喻。」

⑭ 登壇受戒：舊大僧靈祐等八十餘人，捨舊戒而受大和尚所授之戒。

⑮ 白四羯磨：僧團中重要行事如授戒時，先告白其事，曰白；次三問其可否而決定其事，曰三羯磨。羯磨，梵語，譯為作法，即通過會議三問的作法。合一度之白與三度羯磨，曰「白四羯磨」。見《行事鈔資持記》上一之五。

⑯ 寶坊：寺院之別稱。給孤長者以黃金布地為伽藍，故號寶坊。

⑰ 影堂：鑑真和尚像供養處。佛像稱安置祖師真影之處曰影堂。

⑱ 浮杯：《傳燈錄》，杯渡和尚，不知其名，常乘大杯渡河，故以為名。

⑲ 飛錫：錫即錫杖。古時僧人行必持錫杖，故謂僧之遊行曰飛錫。

風光頓異於當年，梵宇重新於輪奐[20]。金碧交輝，樓台相映；良辰易遇，勝會難逢。爰於公元一九八〇年五月十日，恭詣法源寺　鑑真和尚遺像座前，集首都之四眾與日本之嘉賓。同掬精誠，略陳清供。梵音讚唄，同表稱揚；燈燭香華，用申供養。知恩報恩，念德修德。所願兩邦友好，更逾金石之堅，遺德激揚，永結苔岑[21]之契。謹疏。

[20] 輪奐：高大華美也。成語「輪奐一新」。

[21] 苔岑：同志之友也。郭璞贈溫嶠詩：「人亦有言，松竹有林。及爾臭味，異苔同岑。」

善導大師圓寂一千三百年紀念西安香積寺法會疏文

伏以

鬱勃❶東林，慧遠結白蓮之社；岧嶢石壁❷，曇鸞開淨土之源。玄中一脈，源遠流長。伽藍肇建於北魏，念佛繼倡於初唐。偉哉善導，應運而生。早禮明師，曾鑽研於三論❸；徧翻大藏，獨欣契於觀徑。周遊寰宇，求訪道津❹。寒岩投宿❺，為訪道綽於

❶ 鬱勃：《武帝內傳》：「雲彩鬱勃，盡為香氣。」

❷ 石壁：即石壁峪，為玄中寺所在地。曇鸞傳稱「晚年遷汾州北山石壁玄中寺」，即此地。

❸ 三論：善導之師明勝，為法朗弟子。三論宗宗匠，與嘉祥大師為同門。傳善導曾從師深究三論。日本學者亦有此說。

❹ 周遊寰宇，求訪道津：《續高僧傳》會通傳善導附傳原語。

西河❻；覺號普聞❼，遂倡念佛於曰下，比奘基之高風，合鸞、綽為三祖。寫經萬卷，積聚功德於無邊；造寺千區，喜種福田之有地。淨土變相❽之精描，既發心而勸募，龍門石窟❾之開鑿，乃奉勅而監工。惟我

善導大師，慈樹森疎，悲華照灼❿。親證念佛三昧，早懷自行化他之心；大弘淨土法門，廣說安心起行⓫之業。煌煌功烈⓬，集淨土之大成；渺渺流風，結勝緣於無盡。

❺寒岩投宿：《新修往生傳》，記善導在訪問道綽時，時值嚴冬，風飄落葉，曾入深坑念佛數日，始見道綽。

❻西河：北魏於今山西汾陽縣（舊汾州府治）置西河郡，故略稱石壁玄中寺所在地為西河。

❼覺號普聞：道綽寂後，善導為宣傳念佛宗旨，自玄中寺赴長安。今西安為唐京師，故稱曰下。

❽淨土變相：《淨土往生傳》，記善導曾勸信眾畫「淨土變相」三百鋪。

❾龍門石窟：《河洛龍門奉先寺佛像龕記》，曾記載由西京實際寺僧善道檢校，即監工之語。

❿慈樹森疎，悲華照灼：《隆闡法師碑》中讚歎善導原語。

⓫安心起行：安心、起行、作業，為《觀經疏》中所說往生淨土之三條件。

⓬煌煌功烈：功烈即功績。善導以前，念佛法門未有真正理論，善導《觀經疏》被稱為「楷定古今」，集淨土理論之大成。

善護信心，比喻二河之白道⑬；勤宣佛號，常現一道之光明⑭。觀經一疏⑮，早傳播於東瀛；遺著數篇，實津梁於末世。法然立宗，偏依善導⑯；親鸞讚述，獨明佛意⑰。中日法侶，同浴鴻恩；淨信同門，敢忘遺德。茲值

公元一九八〇年，為我善導大師圓寂一千三百年之歲，中國佛教協會同人與日本淨土宗僧侶，謹於五月十四日嚴修法會於西安香積寺，恭詣大師塔前，共掬精誠，略陳齋供。聚兩國之雲仍⑱，集一堂而禮誦。致竭仰之深心，冀報恩於萬一。時節到來，山川生色。香積寺中，喜見伽藍之輪奐；神禾原上，更瞻古塔之重新。石燈漁磬，獻

⑬ 二河白道：善導《觀經疏．散善義》：守護信心之譬喻。眾生的貪欲與瞋恶喻為水火二河，中有一白道，喻往生之信心。「二河白道」為淨土宗常用一成語。

⑭ 一道光明：《淨土往生傳》，善導大師念佛時，口出光明。

⑮ 觀經一疏：《觀經疏》於八世紀時傳入日本，善導遺著五部九卷，為淨土宗重要典籍。

⑯ 偏依善導：日本法然《選擇集》，謂建立日本淨土宗，「偏依善導一師」。

⑰ 獨明佛意：日本真宗開祖親鸞，讚仰善導之和讚，有「善導獨明佛正意」之語。

⑱ 雲仍：為子孫或遠孫之通稱。按玄孫之子曰來孫，來孫之子為昆孫，昆孫之子曰仍孫，仍孫之子曰云孫。

自日出之邦，雅樂⑲清音，傳來盛唐遺響。千年盛會，廣修供養於今時；大眾同心，永結勝因於後世。伏願

三寶加被，十方證明。佛光普照，長護世界之和平；祖德重光，永敦中日之友好。謹疏。

⑲石燈與雅樂：此次香積寺善導紀念法會，日本淨土宗送來善導木像、石燈及漁磬等法器；又淨土宗「雅樂團」（保存於日本宮廷之盛唐雅樂）亦參加法會演奏。

《松枝集》序

自古至人降靈，高僧應世，常有奇瑞流傳人口，而至人高僧是不喜以此自衒的。弘一大師李叔同誕生之日，有雀銜松枝降其室，這也可說是異於常人的一種瑞相。這個松枝在他出家前雖曾珍重保存，也不過作為一種紀念而已。據我所知，那個松枝在他出家後就不在他的身邊了。

李叔同是天津望族，世代書香，其父曾為清朝吏部，後營鹽業，家故富有。他自幼即好書法篆刻，從天津名士趙幼梅、唐靜岩研究書法與金石，皆卓然成家。戊戌政變後，年方弱冠，奉母遷居上海，加入城南文社，所為詩賦，一時無兩。城南草堂主人許幻園愛其才華，特闢草堂一室以居之，並親題「李廬」二字為贈，他因號李廬。晨夕與許氏及其夫人夢仙女士，品評詩畫以為樂。不久，考入上海南洋公學特班，從名教育家蔡元培受業，同學二十餘人，如邵力子、黃炎培、謝無量等，皆一時之秀，後皆成名。

一九〇五年遭母喪，他即東渡日本留學。臨行填〈金縷曲〉詞一闋，留別祖國，有「二十文章驚海內，畢竟空談何有？」之句，可以想見他青年時期的才華和抱負。他於一九〇六年入東京美術學校，從名畫家黑田清輝學油畫，旁及西洋音樂，皆造詣極深。他是中國第一個到日本學習西洋油畫和音樂，並把西洋的油畫音樂傳入中國的人。

他回國後，執教浙江第一師範，後兼教南京高等師範，除教授圖畫音樂之外，還倡組「樂石社」，提倡金石之學，被推為社長。中年出家後，戒行精嚴，以重興南山四分律宗為己任，為中國僧人樹立了一個崇高的典型。一九四二年，留下了「華枝春滿，天心月圓」遺偈，示寂於泉州溫陵養老院，時年六十三。遺著有《四分律比丘戒相表記》、《南山律在家備覽略編》等數十種。

關於弘一大師的生平事蹟，他的同輩葉聖陶、夏丏尊、姜丹書及弟子豐子愷、吳夢非、蔡丏因、曹聚仁等，已經寫了許多文章闡述，三十幾年前拙著《弘一大師年譜》，也逐年作了具體的介紹。現在，我再借用近代著名文學家已故曹聚仁先生〈記弘一法師〉的一段話來總述一下：「弘一法師，他是藝術修養最高深的美術家，沒帶點所謂『浪漫氣息』。在東京春柳劇社演話劇，他是扮茶花女那一角色的，一舉一動，非常嚴肅，以忠於藝術的態度，開出中國戲劇的新作風。民國初元，他做我們的美術教師，不獨他的藝術天才在我們眼前閃光，他的語默動止都感化了我們。後來他老老實實地出家了。他是遠公以後最虔誠最淵博的高僧。」我覺得這段話最得要領。

最近新加坡華嚴精舍廣義法師為紀念弘一大師誕生百周年，請他的高足青年藝術家陳瑞獻居士，選取大師生平顯著事蹟，治印三十方，命名為《松枝集》。瑞獻居士才華橫溢，創作富有禪意，已馳譽於南國藝壇，其書畫刻印，尤獨具風格。生平景仰弘一大師之為人，願效大師以藝術說法，饒益有情，敢不隨喜讚歎！又聞他的創作態度是極端認真、極端嚴肅的，這一點正和李叔同青年時代對待藝術的態度一樣。

陳居士來書，情意懇摯，謂願以新創作為紀念，冀續啖大師的藝術精神，已治諸印，已發表於《南洋商報》「咖啡座」，待全部刻成，將携往巴黎作為個人作品展出之一項目，中西藝術交流，甚盛事也。其師廣義上人，曾親近承事弘一大師有年，深受器重，且與我昔有深緣；又以我曾寫過《弘一大師年譜》，徵余為一文以讚之。余雖老矣，義不容辭，因為之饒舌如此。

一九八一年十一月二十八日於北京

雪峰三老會合記

南安為唐義存禪師誕生之鄉，雪峰為其親墳所在之地，建寺以來，高僧輩出。清初如幻禪師應當地蘇氏檀越之請，來主雪峰，闡揚祖道，眾所欽仰。降及清末，佛化老人繼主法席，刀耕火種，再樹法幢，衲子多授其教，轉逢和尚其一人也。逢公早年行腳偏參海內禪林，彌天飛錫，終歸舊隱，晚年主持祖庭，三學並重，遠近知聞。己巳歲晚，弘一律主，飛錫來臨，愛林泉之美，遂於此度歲。時太虛大師亦飄然戾止，同時名德俱會一處，挑燈夜話共說無生，結一夕之勝緣，留千秋之佳話，距今已五十餘年矣。頃者廣淨上人以三老皆僧中龍象，優曇易遇，生佛難逢，喜捨淨財修轉逢塔、太虛洞、並建晚晴亭，以紀念三老之會合因緣。廣安禪師以余曾聞三老謦欬，囑記其會合年月，以昭示後世，爰隨喜而為之記。

一九八三年歲次癸亥孟春雪峰居士林子青敬撰

關於日本錦帶橋資料

錦帶橋是架設於日本山口縣岩國市岩國川（近廣島灣）的一座名橋。過去傳說是延寶元年（公元一六七三年，清康熙十二年）岩國藩主吉川廣嘉獨創計畫的，是一座有五個拱形相連、築於河中的四個橋墩之上的木造拱橋。當中三個拱形，跨度達一百十五尺，高距水面約三十六尺，橋面寬十八尺。

據說，吉川廣嘉因岩國川河水暴漲，恐怕沖壞橋樑。有一天他在烤年糕時，見它受熱反曲，忽悟拱形之理，遂命工匠築造。為使橋墩於洪水時，不礙水流和被急流沖壞，把流水上方的橋墩砌成尖形（船形），又於積石之間以石笋聯繫，並用鉛固之。

以上大體是過去日本學者偽造的說法。但據近年岩國市鄉土研究會友好人士的研究，這座錦帶橋的圖樣，是清初我國渡日出家為隱元禪師剃度弟子的獨立禪師所提供。錦帶橋建於公元一六七三年，到一九七三年剛好是三百週年。日本岩國市的友好人士為了紀念獨立禪師的功績，要在錦帶橋邊建立一座紀念碑，表示景仰。初擬請廖承志先生書寫碑字，廖公轉請中國佛教協會趙樸初會長書寫，於同年立碑紀念。

據我所知，獨立禪師俗姓戴，名笠，字曼公，別號天外一閑人。浙江杭州仁和縣人，精通詩文、篆刻、書法和醫術。他於順治十年（一六五三）渡日，越年隱元禪師應請東渡。戴曼公即從隱元禪師剃染出家，取法名性易，字獨立，世稱獨立禪師。

獨立禪師因精於醫術，曾周遊日本各地為人治病。某次應請為吉川廣嘉治病時，廣嘉偶然談起要在岩國川架橋的事，獨立禪師即將他所帶去的《杭州府志》的錦帶橋圖樣示他，吉川見之大喜，遂令工匠依樣築造云。

一九八五年二月五日林子青記

《華嚴室叢稿》初版序

一

瑞今法師是繼閩南性願長老之後南渡菲律賓，住持信願寺，弘揚佛法，擴建道場，德高望重的一位大德。到一九九四年就要年登九秩高齡了。他的高足門徒事先搜集其法語、詩文、講稿及楹聯等，名《華嚴室叢稿》，行將付梓，以祝其九秩之壽。遠道來函，以我與法師有同學共事之誼，囑為《叢稿》寫一序文，以彰法師之盛德。我雖老且病，而義不容辭，謹回憶往事，略述與法師生平相聚的一段勝緣，以答盛意，並供後賢參考。

瑞今法師對信願寺的功業，如拿清初福清黃檗山隱元（隆琦）禪師應請東渡、開創黃檗山萬福寺來比擬，而繼其大成者是泉州開元寺的監院木庵（性瑫）禪師。（見《讀日本高僧傳》卷五〈黃檗山沙門性瑫傳〉）性願長老好比隱元，是菲律賓信願寺的開山祖師，而繼其後傳承其事業而加以發揚光大者，則是瑞今法師。隱元和木庵二禪師開創日本黃檗山一段歷史，今日國內佛教界已少有人知道，但在日本佛教史上卻是很有名的。

古德說：「莫為之後，雖盛不傳。」就是說一個寺廟或一個宗派，如果沒有後繼者，雖然一時很盛，也是不會久傳的。如禪宗五家中的溈仰、法眼二宗的法系早絕，便是後繼無人。

隱元禪師應請東渡，開創黃檗山萬福寺於日本京都，至今三百多年，早已形成一個宗派——黃檗宗（隱元被尊為宗祖），與臨濟、曹洞並稱為日本禪宗三大宗派，寺運至今不衰。

據日本僧傳記載，清順治十一年（一六五四）七月，隱元受請到長崎。越年六月，木庵也應請至日本，寓長崎崇福寺。一六六一年入宇治黃檗，其明年九月，即承隱元之後，繼任黃檗山第二代法席。黃檗山萬福寺現在的廣大規模，大半是在木庵手裡完成的。

二

回憶我和瑞今法師在第一期閩南佛學院（以下略稱「閩院」）同學的時候，已經是六十多年前的事了。當時同學七八十人已經先後作古，現仍健在的只剩下我和瑞今法師兩人而已。所以閩院最初開辦的情況，我和他可說是僅存的見證人了。

清末以來，由於佛教教育不振，僧眾文化水平低下，佛教屢受外界欺侮侵凌，加以當時湖廣總督張之洞提出「廟產興學」之議，於是寺廟僧眾遂遑遑不可終日。有志僧青年雖想奮發圖強，抵禦外侮，無奈求學無門，徒興浩歎。北伐戰爭之前，太虛法師得武漢居士的護持，於一九二二年，最初創辦武昌佛學院，是為近代「佛學院」的濫觴。

不久，安慶迎江寺竺庵和尚，得當時安徽財政廳長馬居士之助，亦開辦安徽佛教學校於安慶迎江寺。聘請常惺法師主講，覺三法師任監學，各地僧青年負笈前往求法者達數十人。由於常惺法師佛學精湛，教學有方，學風聞於海內。

廈門自闢為五口通商口岸之後，經濟逐漸繁榮，著名的南普陀寺，遂為各方所垂涎。當時住持會泉法師雖有心興學，而苦無適當師資。這時正好有兩位閩僧青年——廣箴和瑞今，在安慶佛教學校求學，將屆畢業，學校因經費困難，行將停辦，於是廣箴和瑞今法師兩人商量，以南普陀環境的幽美與經濟條件的優越，如能禮請常惺法師南來辦學，不但原班同學得有繼續深造的機會，而惺師的治學與弘法也可以大大發揮其長才。

經兩人懇請，常惺法師同意後，先由廣箴法師一人於暑假前先行回閩，徵求住持會泉法師的意見。法師本是熱心佛教教育的人，而且久仰常惺法師的學德，聽說他願來講學，有說不出的歡喜。於是先請常惺法師來廈瞭解情況，然後著手籌備工作，並開始到江浙兩省招生。所以閩院之能開辦起來，可以說是廣箴、瑞今二法師在皖求學的因緣所促成的。

一九二五年八月，閩院正式開學，學僧七八十人，有半數是從安徽轉學而來的。初分專修、普通二科授課。〈閩南佛學院緣起文〉云：「閩南地處海隅，交通阻絕，學者負笈，視海程為畏途。同人等自擊神傷，義難袖手。爰議組織閩南佛學院，設普通科以通各宗之部，設專修科深造一門之極，庶幾成就有人，重復唐代之盛軌。」後來為廣攝初機，照顧閩南幼年學僧，另設小學一部。到了一九二六年夏，乃將小學一部移至漳州南山寺辦理，後改稱南山學校。

三

閩院開學後，我和瑞今法師都被編入專修科學習，那時我的年紀最輕，而且佛學又無基礎，同學們都在安慶佛教學校聽過「成唯識論」、「三論」和「成實論」等，於畢業後到閩院來深造的。那時教師的陣容，我記得常惺法師是院長兼主講，蕙庭法師是教務主任，覺三法師是監學兼書法教師，自安法師是副監學兼維那。國文教員，前後有羅蓮航、葉長青、鄢先生和後來由魯迅先生介紹的孫伏園等。

專修科的同學，智淵最聰明，書法和佛學都很好。可惜由於用功過度，第二年暑假就在他的故鄉圓寂了。同學們都惜其早逝，所謂「秀而不實」！我記得同學們為他開追悼會時，靈前掛著覺三法師的一副大字輓聯：「天之所忌，余復何言！」可見老師對他的悲悼。

閩院的學課，自然以常惺法師最叫座。他首講「攝大乘論」，當時來旁聽的有廈大文科哲學系的教授陳定謨和學生林藜光等。蕙庭法師講授「大乘起信論」，也很受學生的歡迎。蕙庭法師曾從南京內學院歐陽竟無居士治過法相，對唯識一宗造詣極深，可未享高年就圓寂了。記得歐陽竟無居士有輓他的聯句說：「死亦何奇，痛法苑神龍傷其天矯；生真無味，看人間鷙獍肆大囟頑。」惜才傷逝，情見乎詞。

四

南山學校的開辦，前後不過四五年。原來是想專門培養幼年僧人的，所以初稱「南山佛化學校」。後來僧俗男女兼收，正式稱為「南山小學」。學生的來源已不限於漳州，也有從廈門、泉州各地來求學的，最多人數約達一百五十人。但實際上仍是佛教寺廟所辦，經費的來源由南山寺籌措，培養的對象主要是幼年僧人。初辦時期很有朝氣，軍樂隊、體育和演劇等，都得到各方面的好評。一九二六年冬，太虛法師自新加坡到達廈門，佛教界和社會人士舉行盛大歡迎，自廈門碼頭至南普陀一路的歡迎隊伍，為其先導的就是漳州南山學校派來參加歡迎的軍樂隊。

南山學校的校長，名義上是住持轉道和尚遙領，實際的校長是覺三法師。教務主任是達如法師，事務主任是廣箴法師，瑞今法師是南山寺的監院兼幼僧班主任，我當時是四年級主任，此外還有許多男女教員林林、黎希蘭、林惠伯、楊基仁、蔡高嵩、度寰、純潔等。

覺三法師身教重於言教，是實行一種人格教育。他的教育方法，說來有點像弘一法師的作風。他的為人，寡言辭，善文章，工書法，可惜沒有留下什麼墨跡。記得一九二九年的春節，他為南山寺的山門寫了一對大聯：「江城如畫，天下為公。」體近魏碑，筆力遒勁，很受漳州人士的讚美。一九三一年春，我離開南山學校以後，聽說瑞今法師不久也離開漳州到廈門去。

五

一九三二年間，瑞今法師和廣洽法師同住廈門太平岩（鄭成功讀書處），那時弘一法師也住在廈門中山公園妙釋寺，今洽二師時常相伴訪他晤談致敬，懇請弘一法師發心傳授律學。因此，是冬弘一法師即於妙釋寺講「四分律含注戒本」（見大師圈點「南山鈔記自記」《弘一大師年譜》一九三二年條）。

一九三三年五月間，弘一法師應泉州開元寺轉物和尚之請，率領學律弟子十餘人到泉州，在開元寺尊勝院安居學律，定名為「南山律苑」。

因五月初三為鑘益大師聖誕，弘一法師親為學者十一人撰〈學律發願文〉，稱「南山律苑住眾學律發願文」。同發「四弘誓願」已，並別發四願。署名學律弟子有：演音弘一、性常宗凝、照融廣洽、傳淨了識、傳正心燦、廣演本妙、寂聲諶真、寂明瑞曦、寂德瑞澄、勝觀妙慧、寂護瑞衛、廣信平願。（〈發願文〉全文見《弘一大師全集》第一冊三〇四頁）

以上第七名「寂聲諶真」，「諶真」即「瑞今」的諧音。他初名瑞金，繼改為瑞徵，最後始用今名瑞今。

六

一九三四年，瑞今法師回到廈門。這時南普陀的住持兼閩院院長是常惺法師。因為他常不在寺中，學院紀律鬆弛，有醞釀學潮之勢。後來，常惺法師特地到泉州草庵請弘一法師來整頓教育。他到南普陀後，觀察了佛學院的情況，覺得因緣還沒有成熟，所以整頓一時也無從著手。不久，弘一法師就住到南普陀後山兜率陀院，從事著述。

兜率陀院依山建築，風景絕佳，建築共分三個部分，第一部分是兜率陀院，前面有水池名阿耨達池。第二部分名須摩提國（極樂世界別名），是轉逢老和尚施放焰口的壇場。第三部分名阿蘭若處（即寂靜處），石徑迂迴，紅塵隔斷，即弘一法師靜修棲隱之地。為了照料弘一法師，常惺法師特請瑞今法師住在兜率陀院。這年夏天廈門市召開佛教代表大會，瑞今法師被選為主席，我任常務理事兼祕書，廣義法師任總幹事，一個領導班子就建立起來了。

後來我們又創辦《佛教公論》月刊，仍推瑞今法師為社長，我當主編，廣義法師任發行。前後出版了一年，一直到抗戰前夕才停刊。

一九三四年的秋天，弘一法師鑒於閩南幼年僧侶沒有受教育的機會，而一般僧青年又多趨求文字、競學外典，盡棄己業，佛教前途，深為可悲。於是發起創辦佛教養正院，所謂「蒙以養正」。建議常惺法師聘瑞今法師為養正院主任，廣洽法師為監學，並請廣義、守一、義俊、高文顯、劉錫亨等為教師。弘一法師倡辦佛教養正院的宗旨，當時他曾寫信給瑞今法師說：「弘一倡辦小學之意，決非為養成法師之人才，例如天資聰穎、辯才無礙、文理清通、書法工秀等，如是等決非弘一所希望於小學學僧者。（或謂小學辦法，第一須求文理通順，並注重讀誦等。此仍是養成法師之意，與弘一之意不同）弘一提倡之本意，在令學者深信佛菩薩之靈感，深信善惡報應因果之理，深知如何出家及出家以後應作何事，以造成品行端方，知見純正之學僧。至於文理等在其次也。儒家云：「士先器識而後文藝」，亦此意也。謹書拙見，以備來擇。七月十四日晨。弘一。」（見林子青編《弘一法師書信》三七三頁）

佛教養正院前後共辦三年，畢業學僧數十人。由於教師教學認真，管理嚴格，學風馳譽海外，為佛教培養不少人才。

以上是我十餘年間和瑞今法師在國內同學和共事的大略情況。

七

瑞今法師從一九四八年應性願長老之請，南渡菲國住持信願寺，協助長老從事寺宇之擴建，以及興辦學校，法務蒸蒸日上，今天信願寺已成為菲島僑胞信仰佛教的中心。其繼往開來之功，實由於瑞今法師的大力經營。他在菲律賓四十多年，不特信願寺的殿堂日益莊嚴，法化日漸隆盛，而且廣傳戒法，傳播中華文化，對全菲佛教的開展具極大的影響。

此外，瑞今法師也很注意與國際佛教的聯繫。前後參加過在東京、尼泊爾、曼谷等地召開的世界佛教聯誼會。一九五二年東京大會之後回到菲律賓，即成立世佛聯誼菲律賓分會，並被推為分會會長。其間又巡錫韓國、緬甸、印度及東南亞各國，進行友好訪問，受到各地佛教界的禮遇。近年屢次率團回國，巡禮各地名山古剎，廣結勝緣。

《華嚴室叢稿》的內容，我雖尚未寓目，但從編者傳印法師來信所提示的分類看來，大體上分為五類，即法語、詩草、楹聯、文稿和講詞等。包括他在各地佛寺落成開光典禮的說法，為僧俗大德的往生荼毗封龕舉火的法語，各種論說開示，碑記、序文的文稿，以及參加國際佛教集會和在各地佛教團體的開示講詞等。這些都是瑞今法師臨時酬酢的文字，並非學術上的煌煌巨著。但從這些文字所表達的意義，也可以看出佛教的行事儀式與法門掌故及其化度因緣之廣了。

瑞今法師南渡以後數十年間，弘法多忙，幾乎席不暇暖。其品格的超脫與攝化之深廣，都是與他深厚的修養分不開的。他並不著意於世諦文字，但觀《華嚴室叢稿》所載各項法語雜文，都是言簡理盡，字字從胸臆中流出，不假沉思苦索，真誠感人，決不是一般靠華麗文藻衍世的著作可比的。

一九九二年十二月一日雪峰居士林子青於北京

（原載於瑞今法師著《華嚴室叢稿》，菲律賓大信願寺發行）

《瑞今老法師九十壽辰紀念集》序

蓋聞敬老介壽，乃吾國倫常之紀綱，而維持風化所不能闕也。《洪範》惟壽屬於五福之首，《周禮》謳歌尚齒，列壽於五貴之中。故世人周甲古稀之年，親友學人，咸相舉觴祝壽，此世間法之所尚也。人生世間，孰不願壽考者；然必其人道德為世所重，壽考乃足貴也。顧我法中年臘之高，不足為重。

我國佛教史上高僧，以長壽見稱者，多推享壽千年之寶掌和尚，與享壽百二十歲之趙州禪師。其他百歲以上之高僧亦不乏其人，如春秋一百有二之清涼國師澄觀是也。師今年九十初度，風骨高凝，如隆冬之松柏，風霜挺然，護法之志不衰。師之門下，以余與師有同學之誼，屬余一言以為壽，余雖歡喜讚歎，然德涼學荒，所言豈足以為重。而我法之所謂壽，又不在於鮐背兒齒，龜鶴齊齡。爰以所知，略述其身世道業，聊表芹獻之意。

師家世溫陵名族，篤生晉江東石。俗姓蔡，世代奉佛，幼時隨母入寺，覩佛瑞容，即生歡喜，於梵宇園林，恍如舊遊。蓋善根夙植，願力莊嚴，有以致之。幼從塾師受讀四書五經，輒能領悟。早歲詣南安雪峰寺，從轉敬上人剃染，執侍巾瓶數載，掃地焚香，禪誦精勤，深得敬公法愛。為沙彌時，曾臨柳書裴休所製大達法師〈玄秘塔碑〉，至「於戲！為丈夫者，在家則張仁義禮樂，輔天子以扶世導俗；出家則運慈悲定慧，佐如來以闡教利生。捨此無以為丈夫也，背此無以為達道也。」自是精勵晨昏，奉此為座右銘。老參上座，咸以龍象期之。

久之，因思古德大事未明，多行腳參訪，親近善知識。乃結同參，首詣寧波天童寺。天童寺為海內禪宗四大叢林之一，住眾常數百人。冬參夏講，清規肅然，聞於海內。師精參默究，期必證悟。以賦性莊重寡言，動靜尊嚴，為眾所稱許。一日，偶讀百丈禪師塔銘云：「將滌妄源，必遊法海；非惟心證，亦假言詮。」師遂遵古德遺訓，立志究心三藏，深遊法海。

時佛教外侮頻至，宗風日靡，法門人材寥落，有大廈將傾之勢。先覺諸師知非興學，培育僧才，無以續佛慧命。於是武昌、安慶、廈門等地，先後興辦佛教學院，集眾講學，推行僧教育。於是各地青年僧伽，咸思為法盡力，救亡圖存。師亦先後求學於安慶迎江寺佛教學校、廈門南普陀寺閩南佛學院，親近法門宗匠常惺法師講席六年。

師窮研三藏，深達法相，素為同學師友所敬重。其後弘一律主飛錫入閩，弘揚律學，師以勝緣難遇，又親近承事，廣學毗尼，深入律藏。律主鑒於閩南幼年僧眾失學，於佛法罕有所知，至為可愍。因倡議於閩院之外，更辦佛教養正院，蓋取「蒙以養正」之義，並請當時任南普陀堂頭之常惺法師，聘師為養正院教務主任，廣洽法師為監學。前後三年，學僧數十人。師徒肅肅，自相尊敬，學風遠播，為近代所希有。

一九四八年，師應性願法師之請南渡，繼任菲律賓首都信願寺住持，匡徒領眾，緇素皈心，擴建寺宇，蔚為海外名剎。師自飛錫海外近半世紀，足跡遍東南亞，遠至佛國印度與北美大陸，所至以濟人利物為心，傳戒講經，廣結勝緣，緇素弟子，數以萬計。其間又創辦能仁中學，招收華僑子弟，教以服務社會知識，可謂寓佛法於社會教育之中。此外並屢次參加國際佛教會議，加強與各國佛教徒之友好與聯繫，其聲名早已洋溢於中外。古德謂「學優早年，德芳暮齒」，師實當之而無愧。至於紹隆像化，闡播玄風，其事繁多，難可備述。

師今既躋九十之壽，其必享期頤而受晚福，可預祝也。頃者菲島緇素門下，擬編紀念集以祝其壽，爰隨喜而為之序。

一九九四年十月一日雪峰居士林子青敬撰

題上海靜安寺建寺一千七百五十週年紀念　並序

滬演古剎靜安寺，歷盡滄桑地屢更。
千載精藍多勝蹟，赤烏碑獨留其名。

靜安寺為上海最古名剎，相傳建於孫吳赤烏年間，至今已歷一千七百五十年。〈上海志〉載：寺初稱滬瀆重元寺，唐時稱永泰禪院。宋大中祥符元年始稱靜安寺。嘉定元年，以舊基近江岸，乃遷於蘆浦之沸井濱，即今靜安寺所在。

元明以來，時有興廢，原有八景，曰赤烏碑、陳朝檜、講經台、蝦子潭、湧泉亭、綠雲洞、滬瀆壘、蘆子渡，題詠甚多。元僧壽寧彙成卷帙，今已失傳。

清光緒間，寺況蕭條，殿堂荒廢，時滬西日漸繁榮，正生老和尚乃發願重興古剎，檀施競集，大殿落成，舉行浴佛節慶典，門前成市。自是每年浴佛節成為廟會，滬上士女競來遊觀。

寺前沸井，松江名士胡公壽為題「天下第六泉」，今被填沒，陳跡已無尋處。

一九三九年，余初至滬，承止方上人之介，掛搭靜安寺，得志汶、德悟師徒眷顧，小住半載，備蒙優遇。一九四七年，持松老人被選為靜安寺十方叢林住持，創辦靜安學苑。余以勝緣，復得濫竽教席，至一九五六年，始離滬赴京。

回首前塵，恍如隔世。今逢靜安寺建寺紀念徵文，爰賦小詩一絕，略記與靜安寺因緣，以誌隨喜。自愧耄耋之年，語多不工，聊記歲月而已。

一九九七年三月雪峰居士林子青

時年八十八

智慧人系列 1

長亭古道
芳草碧

憶弘一大師等師友

林子青 著

定價 250 元

紅塵的李叔同是近代藝術奇才，托缽後的弘一大師是一代律學高僧，他的一生多彩多姿而極富傳奇性。林子青居士是當今研究弘一大師的權威之一，經過多年認真蒐集、考核並整理各種資料後，側寫大師生平逸聞，點點滴滴讓人仰止大師行誼心懷。

本書同時收錄了太虛大師、曼殊和尚、常惺法師、白聖法師的相關文章，讀者得以一窺二十世紀高僧風範。

智慧人系列 2

菩提明鏡本無物

佛門人物制度

林子青 著

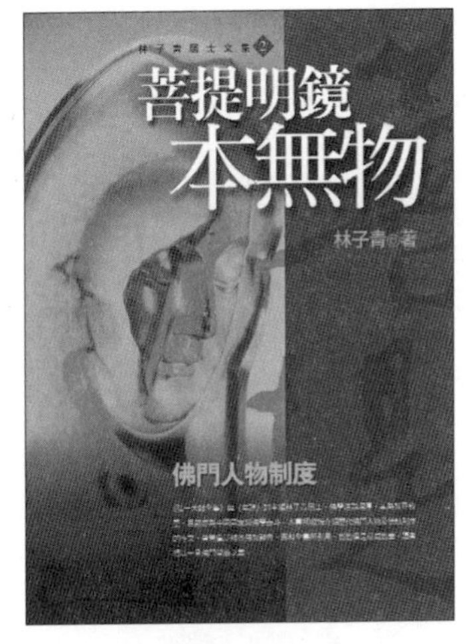

定價 300 元

《弘一大師全集》與《年譜》的主編林子青居士，佛學造詣深厚，素為教界敬重，亦為中國國家級佛學泰斗，對於中國歷代高僧、生活規制、遺事佳話，皆有深度探索。

本書分為「禪門人物」、「淨土人物」、「律教人物」、「如來家法」、「修行法會」、「歷史鴻爪」等六大章，篇篇俱是權威文章，曾廣泛被各佛教辭典、百科全書所引用，極具參考價值。

智慧人系列 3

名山石室貝葉藏

石經塔寺文物

林子青 著

定價 300 元

為了避免末法法難使經教滅亡，南岳慧思大師弟子靜琬發願刻造石經：「世若有經，願勿輒開。」後人承其餘緒，自隋到明，綿歷千年，房山石刻已成佛教古代藝術寶庫。

林子青居士畢其心血，深入研究此一世界文化遺產，使讀者得以系統化地瞭解房山石經的歷史意義。本書亦收錄探討藏經源流、塔寺文物等專文，深富參考價值。

國家圖書館出版品預行編目資料

人間此處是桃源：林子青詩文集／林子青著.
-- 初版 . -- 臺北市：法鼓文化, 2008.08
面 ； 公分

ISBN 978-957-598-436-6（平裝）

848.6 97012658

智慧人 5

人間此處是桃源

——林子青詩文集

著者／林子青
出版者／法鼓文化事業股份有限公司
編輯總監／釋果賢
主編／陳重光
責任編輯／李書儀
美術設計／連紫吟、曹任華 ReneeAQ@gmail.com
地址／台北市北投區公館路186號5樓
電話／（02）2893-4646 傳真／（02）2896-0731
網址／http://www.ddc.com.tw
E-mail／market@ddc.com.tw
讀者服務／（02）2896-1600
初版一刷／2008年8月
初版二刷／2009年3月
建議售價／380元
郵撥帳號／50013371
戶名／財團法人法鼓山文教基金會—法鼓文化
北美經銷處／紐約東初禪寺
Chan Meditation Center（New York, U.S.A.）
Tel／（718）592-6593 Fax／（718）592-0717